우리들, 킴

우리들, 킴 1 (큰글씨책)

초판 1쇄 발행 2018년 10월 15일

지은이 황은덕
펴낸이 강수걸
편집장 권경옥
펴낸곳 산지니
등록 2005년 2월 7일 제 333-3370000251002005000001호
주소 부산광역시 해운대구 수영강변대로 140 BCC 613호
전화 051-504-7070 | 팩스 051-507-7543
홈페이지 www.sanzinibook.com
전자우편 sanzini@sanzinibook.com
블로그 http://sanzinibook.tistory.com

ISBN   978-89-6545-557-8 04810
       978-89-6545-556-1 (세트)

우리들,
킴.
①

황은덕 소설집

산지니

차례

엄마들

나는 흰색 건물 앞에 도착했다. '입양은 기쁨입니다.' 건물 입구에 커다란 플래카드가 보였다. 현관문을 밀고 들어서자 입양을 홍보하는 유명 연예인들 사진이 복도를 따라 주르륵 걸려 있었다.

사무실로 들어서자 뚱뚱한 여자가 나를 상담실로 안내했다. 권 선생이라고 했다. 앞으로 내 담당이 될 거라고, 그녀 옆에 있던 중년의 여자 원장이 말했다. 여행 가방을 끌고 권 선생을 따라 상담실 안으로 들어갔다. 구석에 아기용 침대가 있었다. 색 바랜 모빌이 침대 위에 대롱대롱 매달려 있고, 정육점에서 봤던 둥근 철제 저울이 바닥에 놓여 있었다.

권 선생이 파란색 서류 파일을 가져와 탁자 위에 펼쳤다. 그녀가 턱짓으로 의자를 가리켰다.

"입소 준비는 하고 오신 거죠?"

눈꼬리가 위로 치켜 올라간 여자였다. 얼굴이 까맸고 인상이 별로였다. 나는 머리칼을 손가락으로 배배 꼬았다.

"네. 속옷이랑 화장품 같은 거요."

"그거면 충분해요."

권 선생이 탁자 위로 서류 뭉치를 건넸다. 입소신청서, 생활 환경 조사서, 자립계획서 등등의 서류와 진술서들이었다. 서류들을 보자 머리가 지끈거렸다. 권 선생이 우선 입소신청서부터 작성하라고 했다.

"아기는 입양 보내실 거죠?"

권 선생이 당연하다는 듯 물었다.

"네에."

나는 잠시 머뭇거렸다.

"근데, 아직… 잘 모르겠어요."

"아! 그래요?"

뜻밖이라는 투였다. 낙태 수술 시기를 놓친 후 누군가 '여성의 전화'에 상담해 보라고 얘기해 주었다. 상담사 선생님은 꽤 친절했다. 원한다면 혼자서도 아기를 키울 수 있는 방법들이 있다고 했다. 기초생활수급비, 양육비, 청소년 한부모 자립 지원비 등을 받을 수 있다는 거였다. 그리고 친자 확인이 되면 정우 오빠네 집에 양육비를 청구할 수도 있다고 했다. 각서 같은 건 법적으로 아무 소용이 없다고 했다.

권 선생이 다음 말이 궁금하다는 듯 팔짱을 끼고 나를 빤히 쳐다보았다. 나는 당황했다.

"사실은 잘 모르겠어요. 모든 게 뒤죽박죽이 되어 버렸어요. 근데 아기는 보낼 수 없을 것 같아요."

"왜요?"

나는 머리칼을 손가락으로 돌돌 말았다가 폈다.

"그게… 그러니까 잘 모르겠어요."

어떻게 설명해야 할지 알 수 없었다. 초음파를 통해 아기 모습을 본 뒤부터 기분이 싱숭생숭했다. 아기는 눈, 코, 입이 또렷했고, 심장이 쿵쿵 뛰었고, 온몸을 꿈틀대고 있었다. 병원에 다녀온 날이면 자꾸만 아기 형체가 눈앞에 아른거렸다. 어쩌면 지난 7개월 동안 아기와 정이 든 건지도 몰랐다. 정우 오빠와 만났다가 헤어진 건 딱 3개월 동안이었다. 그러니까 오빠를 안 시간보다 뱃속 아기와 더 오랫동안 알고 지내 온 셈이었다.

권 선생이 서류를 훑어보며 물었다.

"담당한테는… 연락했죠?"

"지난번 생활보고서 쓰러 갔을 때 신고했어요. 이제부턴 담당이 이리로 날 찾아올 거예요."

내 담당은 눈빛이 날카로운 젊은 남자였다. 법원 명령서를 들고 보호관찰소에 등록하러 간 날 처음 만났다. 그런데 그는 융통성이 전혀 없는 꼴통이었다. 사라진 정우 오빠를 찾아 헤매느라 보호관찰소 출석을 빼먹은 적이 있었다. 그런데 그 꼴통 담당이 그걸 '지시불이행'이라고 서류에 올렸고, 원래의 보호관찰 6개월에 사회봉사 40시간이 추가로 선고되었다.

"여기 입소자 주의사항 잘 읽어 보시고요. 나머지 서류는 3층 생활관에 올라가서 작성하면 돼요. 나중에 지하 강당에서 오리엔테이션 있으니 꼭 참석하시고요."

권 선생이 내 여행 가방을 탁자 위로 올렸다. 소지품 검사를 시작한다는 거였다. 기분이 더러웠지만 참기로 했다. 첫날부터 담당 선생한테 찍혀 봐야 좋지 않을 게 뻔했다. 짧은 순간, 가방 안의 모든 지퍼가 열렸다가 닫혔다. 속옷, 액세서리, 화장품 파우치, 지갑 안의 동전이 헤집어졌다. 탁자 위로 디스, 자일리톨 껌, 가나 초콜릿, 신짱구가 놓였다. 권 선생이 손가락으로 디스를 가리키며 앵앵거렸다. 당장 보건소 금연클리닉에 등록하라고 했다. 담배를 끊었는데 그게 왜 거기 들어 있는지 모르겠다고 탄력 있게 대응했다. 생활관 안으로는 담배와 술, 일체의 음식물 반입이 허용되지 않는다고 권 선생이 강조했다. 앞으로 또 담뱃갑이 적발될 경우 당장 퇴소조치 할 거라고 으름장을 놓았다.

나는 벽을 등지고 똑바로 섰다. 권 선생이 외투 주머니를 모두 뒤집어 보라고 했다. 윗옷과 바지 주머니도 뒤집어 깠다. "잠시 그대로 있어요." 권 선생이 다가오더니 더듬거리며 내 몸을 훑었다. 나는 뒤로 물러서려고 했다. 하지만 등 뒤로는 단단한 벽이었다. 더 이상 물러설 곳이 없었다. 권 선생의 두 손이 겨드랑이 아래, 허리춤, 엉덩이, 바짓가랑이 사이를 차례로 만졌다. 기분이 엉망이었지만 어쩔 수 없었다. 앞으로도 외출에서 돌아오면 사무실에서 이와 비슷한 확인 절차를 거쳐야 한다고 권 선생이 말했다.

*

임신 사실을 알렸을 때 정우 오빠는 "너 거짓말이지? 장난치는 거지?" 하고 말했다. 함께 아르바이트 하던 피자가게에서였다. 할 수 없이 셔츠를 까뒤집어 볼록한 배를 보여 주었다. 빵빵해진 젖가슴이 드러났고 배꼽에서 사타구니까지 거뭇한 임신선이 나타났다. 정우 오빠가 질겁하며 뒷걸음질쳤다. 두 눈이 휘둥그레졌다. 오빠가 갑자기 아, 씨발, 하며 나를 밀치고 잽싸게 화장실 밖으로 튀어 나갔다. 그리고는 그날로 피자가게를 관뒀다.

그날 저녁에 정우 오빠는 "너 돈 필요해? 너 돈 뜯어내려고 그러지?" 하며 수화기 속에서 소리 질렀다. 나는 아니라고, 나도 임신한 줄 몰랐다고, 미쳐 버릴 것 같다고 고함쳤다. 거짓말이 아니었다. 석 달째 생리가 없었지만 생리불순인 줄 알았다. 학교를 때려치웠지만 열여덟 살에 임신이라니, 상상조차 하지 못한 일이었다.

다음 날 정우 오빠는 잠적했다. 휴대폰도 집 전화번호도 모두 바꾼 뒤였다. 나는 우왕좌왕했다. 수술을 해야 한다고 생각했지만 당장 돈을 마련할 길이 없었다. 오빠가 내 앞에 나타난 건 한 달쯤 지난 후였다. 카페에서 만난 오빠는 "별일 없어?"라며 내 눈치를 살폈다. 나는 돈이 필요하다고 했다. 내가 수술하지 않았다는 걸 알고 오빠는 다시 연락을 끊고 잠적했다.

대신, 정우 오빠의 엄마가 전화를 걸어 왔다. 밤낮을 가리지 않았다. 시도 때도 없이 문자가 왔고 전화벨이 울렸다. 오빠의 앞길을 막는다고 쌍욕을 했고, 하루라도 빨리 애를 떼라고 닦달했다. 그러면서도 돈은 주지 않았다. 먼저 수술을 하면, 통장으로 돈을 입금하겠다고 했다. 내 이야기를 들은 엄마는 무조건 돈을 먼저 받아내야 한다고 했다. 오백만 원! 적어도 오백만 원은 받아야 한다고 했다. 이미 수술 시기를 놓쳤다는 걸 엄마는 잘 알고 있었다. 엄마한테 볼록한 배가 발각되어 산부인과에 끌려갔을 때 의사 선생님은 고개를 설레설레 흔들었다.

어느 날, 정우 오빠의 엄마가 나와 엄마를 커피숍으로 불러냈다. 임신 6개월째였다. 커피숍에 나가 보니 오빠가 와 있었다. 네 사람이 쌍욕을 하며 싸우는 동안에도 뱃속이 꿈틀꿈틀했다. 태동이 시작됐기 때문이었다. 정우 오빠가 우리 엄마를 향해 또박또박 말했다. "제가 아닐 거예요. 전 밖에다 했는데요." 그 말을 신호로 오빠의 엄마가 핸드백에서 종이와 볼펜을 꺼냈다. 각서를 쓰라는 거였다. 나는 그 여자가 부르는 내용을 종이에다 쓰고 지장을 찍었다. "아이 문제로 다시는 귀찮게 하지 않겠습니다." 엄마가 여자를 향해 "지독한 년, 씨발년"이라고 욕을 퍼부었다.

그날 오후에 엄마는 집을 나갔다. 집이 싫다고 했다. 학교 잘리고 임신까지 한 딸 때문에 동네 창피해서 못 살겠다고 했다. 그 엄마에 그 딸이라고, 사람들이 수군거리며 손가락질한다고 했다. "애는 안 된다. 절대로 안 돼." 엄마는 술을 마실 때마다 징징거렸다. "너 애 낳아서 키우는 꼴은 절대로 못 봐." 집을 나간 엄마는 식당 주방 일을 하며 친구 집에 얹혀살았다. 내가 집을 떠나겠다고 연락한 후에야 엄마는 집으로 돌아왔다. 아기를 낳을 거면 다시는 집에 돌아올 생각하지 말라고, 엄마는 몇 번이나 내게서 다짐을 받았다.

*

'사랑뜰'은 4층 건물이었다. 1층은 입양과 쉼터 업무를 담당하는 사무실, 2층은 식당과 운동실, 3층과 4층은 생활관이었다. 아마도 입양이 주력사업인가 보았다. 입양부 선생님들 숫자가 쉼터 선생님들보다 훨씬 더 많았다.

우리는 두 종류로 분류되었다. 3층 엄마와 4층 엄마. 입양 보낼 엄마와 양육 엄마였다. 임산부들은 모두 3층에서 생활했다. 하지만 2박 3일간의 출산 입원에서 돌아오면 각자 갈 길이 달라졌다. 입양 엄마는 3층에서 며칠 동안 더 몸조리를 하다가 떠났다. 아기는 병원에서 바로 위탁모에게 넘겨졌다. 간혹 아기를 데리고 3층으로 돌아오는 엄마가 있었다. 원한다면 아기를 보내기 전에 2박 3일 동안 아기와 함께 지낼 수 있었다. 하지만 대부분의 3층 엄마들은 출산 직후에 아기를 쳐다보지 않았다. 우연히 아기 발가락을 본 엄마가 있었다. 발가락을 보자 몸통이 궁금해졌고, 그러자 얼굴 생김새가 너무나 궁금했다. 3층으로 돌아온 그 엄마는 며칠 동안 발가락 얘기만 하다가 이곳을 떠났다.

4층 엄마는 아기와 함께 돌아왔다. 출산 후 길게는 5개월 동안 4층 생활관에서 지낼 수 있었다. 물론 규칙을 잘 지키고 원장과 담당 선생님에게 잘 보여야 했다. 4층 엄마라도 규칙을 자주 어기거나 선생님에게 대들고 욕하면 강제로 퇴소당했다. 특히 원장은 이곳의 일등 대장이었다. 원장의 결정에 따라 후원물품 제한 같은 벌칙을 받기도 하고, 통장에 따로 후원금이 입금되기도 했다.

식당에서 마주치는 4층 엄마들은 항상 정신이 없었다. 잠이 부족해서 눈이 벌겠고, 띠를 둘러메고 품 안의 아기를 어르면서 순식간에 식판의 밥을 먹어 치웠다. 그러다가도 아기가 울거나 보채면 전쟁을 치르듯 아기와 싸우면서 밥을 먹었다. "뱃속에 다시 집어넣고 싶어." 4층 엄마들이 모여 앉은 테이블에서 자주 들려오는 말이었다.

나는 3층과 4층 사이에서 갈팡질팡했다. 보내야 할지, 아니면 혼자 키워야 할지, 하루에도 몇 번씩 마음이 변했다. 무엇보다도 나는 나 자신을 믿을 수 없었다. 변덕이 죽 끓듯 하는

나. 충동적인 나. 한 가지 일에 오래 집중할 수 없는 나. 중학교 졸업장이 전부인 나. 게으른 나. 가난한 나. 그리고⋯ 내 안의 누군가가 끊임없이 속삭였다. 그건 혹덩어리일 뿐이야. 간단히 떼어 놓고 너만 빠져나오면 돼. 두 눈을 꾹 감아. 그러면 넌 다시 자유로워질 수 있어.

3층 임산부들은 툭하면 각자의 방에서 나와 거실 바닥에 드러누웠다. TV를 보기 위해서였다. 덕분에 거실은 발 디딜 틈 없이 항상 복작거렸다. 현관문을 열면 어두침침한 거실이 보이고, 화면이 켜진 TV를 중심으로 거대하게 배가 부른 여자들이 여기저기 널브러져 있었다. 대부분이 나처럼 10대였다. 학교를 다닌다면 중3부터 고3에 해당될 거였다. 하지만 혜린 언니처럼 30대도 있고, 스물셋이나 스물아홉인 언니들도 있었다. 첫 번째 아기를 입양 보낸 후, 두 번째, 세 번째로 입소한 언니도 있었다.

3층 생활관에는 딱히 뭐라 꼬집어 말할 수 없는 이상한 냄새가 코를 찔렀다. 간혹 사무실에서 올라온 선생님들이 얼굴을 찡그리며 제발 환기 좀 하라고 잔소리했지만 그 누구도 꿈쩍하지 않았다. 의무적으로 출석해야 하는 강당 프로그램이 끝나면 만사가 다 귀찮았다. 룸메이트끼리 순번을 정해 방 청소를 하기로 했지만 잘 지켜지지 않았다. 화장실 안에는 늘 누군가가 있었다. 다들 오줌을 자주 눴기 때문이었다. 샤워를 하려면 모두가 잠든 새벽이나 한밤중에 일부러 일어나야 했다.

내 룸메이트는 지은 언니였다. 스무 살. 나보다 두 살 위였다. 재스민실에서 처음 만났을 때 포스가 장난이 아니었다. 권선생이 있거나 말거나 씨발, 좆나, 같은 경고 단어를 거침없이 내뱉었다. 벌 청소도, 외출금지도, 후원물품 제한도 두려워하지 않는 것 같았다. 지은 언니는 입소하던 날 바로 입양동의서에 사인했다고 했다.

"야! 넌 어떡할 거냐? 애기 보낼 거냐?"

나는 우물쭈물했다.

"그게… 아직."

"첨에 키운다고 했다가 좆나 고생만 하고, 결국 보내는 애들이 수두룩해. 젖 말린다고 약 지어 먹고 식혜 마시고, 나중에 생지랄들을 하지."

"아, 네."

"거꾸로도 마찬가지야. 보낸다고 했다가 맘 바꾸면 돈 왕창 물어야 해."

"돈을요?"

"다시 데려오려면 그동안 위탁모한테 준 돈 다 토해 내야 하잖아."

"아, 네."

"애 낳고 해산급여 50만 원 챙기고 얼른 뜨는 게 최고야. 몸조리한다고 다시 들어올 필요도 없어. 여기 선생들도 우리가 애 낳고 빨리 떠나 줘야 사업에 지장이 없을걸?"

18

나는 두 눈을 크게 떴다. 지은 언니는 내 얼굴을 보더니 "씨발, 순진하기는" 했다. 지은 언니에 의하면 외국으로 거래되는 아기 가격이 한 명당 2천만 원이 넘는다고 한다. 내가 믿지 못하겠다는 표정을 짓자 어디선가 종이쪽지를 가져왔다.

"미국 2016만 원, 캐나다 2332만 원, 스웨덴 1920만 원. 내가 잡지에 소개된 가격을 그대로 적어 뒀어. 홀트 인터내셔널 사이트에 올라온 가격도 이것하고 비슷하대."

"아기가 왜 그렇게 비싸요?"

"외국 애들이 봉이니까. 등록비나 서류 작성비 같은 건 따로 내야 한대."

지은 언니가 한숨을 쉬었다.

"내가 미쳤지. 그렇게 개인적으로 미리미리 알아봤어야 했는데."

"이런 걸… 미리 알아볼 수 있어요?"

"인터넷 있는데 뭐가 문제야? 채팅방에서 거래 성사되면 병실에서 바로 데려가서 출생신고 하고 호적에 올린대. 근데 우리처럼 이런 데 들어왔으면 이미 늦은 거고."

지은 언니는 조건만남을 하다가 임신이 됐다. 생활관에서는 누구나 아는 공공연한 비밀이었다. 똑똑한 지은 언니가 어쩌다 피임을 하지 않았는지 모르지만 혜린 언니 추측대로 '영업 상'의 이유 때문일지도 몰랐다. "죽어도 콘돔을 싫어하는 새끼들이 있어." 언젠가 지은 언니가 무심코 내뱉은 적이 있었다.

지은 언니는 아기 아빠가 누군지 관심이 없었다. "어떤 새긴지 알면 죽여 버린다"는 말만 입에 달고 살았다. 지은 언니는 입소 직후 매독이 발견됐다. 정기검진 때 했던 혈청검사를 통해서였다. 매독 균이 이미 태반으로 옮겨가 감염을 일으켰다고 한다. 하지만 페니실린을 써서 지금은 태아와 함께 깨끗이 치료되었다.

목련실 혜린 언니는 서른두 살이었다. 그런데 혜린 언니는 자꾸만 자신과 우리들을 비교하며 질투했다.

"야! 어리다는 이유로 돈 더 받는 게 어딨어? 너네들은 아주 부자야. 부자."

청소년이 양육모가 될 경우 한부모 자립지원비를 어른보다 많이 받는다는 거였다. 매달 받는 금액이 청소년은 10만 원, 어른은 5만 원이었다. 아기를 키울 것도 아니면서 돈 계산부터 하는 언니가 우스웠다. 혜린 언니가 나를 쳐다보며 불평했다.

"넌 기초생활수급자니까 고운맘 카드 남은 돈도 통장으로 다 입금되잖아. 좋겠어. 아주."

혜린 언니는 아기를 키울 경우 어떻게 하면 지원금을 더 받을 수 있는지 이리저리 따져 보길 좋아했다. 그것뿐만이 아니었다. 일회용 기저귀는 어떤 브랜드가 유해물질이 적은지, 목욕용 바스와 버블, 아기 오일과 로션은 어떤 제품이 좋은지 줄줄이 꿰고 있었다. 권 선생이 자꾸만 헷갈리는 신생아 예방접종 일정을 혜린 언니는 처음부터 끝까지 모조리 외우고 있었다.

 하지만 혜린 언니는 입소 첫날 입양동의서에 사인했다. 남자친구한테 정나미가 떨어져 뱃속 아기가 이물질로 느껴진다고 했다. 혜린 언니의 남자친구는 자취방으로 언니를 불러 실컷 부려 먹은 후 방을 빼고 돈을 챙겨 달아났다. 임신 8개월째에 벌어진 일이었다. "내가 다 알아서 할 게. 내가 더 잘 할게." 임신한 언니를 수시로 안심시켰던 남자였다.

 생활관에는 크고 작은 싸움이 끊이지 않았다. 하루에도 몇 번씩 다들 감정이 오르락내리락했다. 사소한 일에 삑 하고 성질을 부렸다가 금세 표정을 풀고 헤헤거렸다. 참을성 없고 감정 기복이 심한 건 3층 임산부들의 특징인지도 몰랐다. 싸움은 매일 벌어졌다. 룸메이트가 방을 지저분하게 쓴다거나, 누가 로션을 몰래 퍼다 썼거나, 냉장고에 보관해 둔 간식이 없어졌거나, 누군가 자신에 대해 나쁜 소문을 퍼트렸거나… 언젠가 원장이 "걔들은 도대체 감정 조절이 안 돼"라고 흉보는 걸들은 적도 있었다.

 하루 간식비 3만 원도 싸움거리였다. 생활관 간식비로 식사 후에 배달음식 같은 걸 주문해 먹을 수 있었다. 그런데 4층 엄마들 사이에서 불만이 터져 나왔다. 머릿수에 따라 3층과 4층 엄마들 간식비가 절반으로 나뉘는 게 불공평하다는 거였다. 어느 날 4층 엄마가 3층을 찾아왔다.

 "우린 숫자가 적지만 애들이 있잖아. 애들도 함께 계산해서 나눠야지."

지은 언니가 콧방귀를 뀌었다.

"오! 젖 먹는 애들이 탕수육까지 먹고 싶대?"

"우리가 애들 몫까지 먹어야 젖이 잘 나오지."

내가 조용히 거들었다.

"언니, 그만 좀 삥까시고 올라가요. 네?"

지은 언니와 내가 동시에 나서자 4층 엄마가 주춤거리며 물러섰다.

사무실 선생님들도 돈의 힘을 이용했다. 우리가 가장 두려워하는 게 뭔지 선생님들은 잘 알고 있었다. 4층 엄마들은 아침 식사시간을 맞추지 못했다. 밤새 칭얼대던 아기가 새벽에 잠들면 엄마도 아침 늦게까지 잠에 빠져 있기 때문이었다. 밥보다는 잠이 더 좋다고 했다. 아침 식사시간이 지켜지지 않자 선생님들의 잔소리가 계속되었다. 어느 날, 사무실의 통보가 전해졌다. 식사를 거르는 사람이 있으면 생활관 간식비를 아예 없애 버리겠다는 거였다. 3층 임산부들이 당장 소란을 피웠다. 니들 때문에 우리까지 덩달아 간식비를 못 받게 생겼다고 야단이었다. 4층 엄마들이 "민폐를 끼쳐 미안하게 됐다"며 사과했다. 다음 날부터 4층 엄마들은 잠이 덜 깬 얼굴로 비몽사몽간에 식당으로 나와 밥을 먹었다.

나는 차츰 생활관에 적응했다. 아침 먹고, 오전 프로그램에 출석하고, 점심 먹은 후 낮잠 자고, 오후 프로그램에 출석하고, 다시 저녁 먹고 잠자리에 드는 생활이 반복되었다. 가끔씩 외출일지를 쓰고 바깥으로 나가 떡볶이와 튀김을 실컷 사 먹고 돌아왔다. 분식집이나 편의점 외에는 특별히 갈 곳이 없었다. 배불뚝이 주제에 학교 친구들을 만날 수도 없고, 정우 오빠는 딴 나라 사람이 된 지 오래였다. 아기를 키울 거면 집에 들어올 생각은 꿈에도 하지 말라고, 엄마는 전화를 걸 때마다 단단히 못을 박았다.

나는 배가 엄청나게 커졌다. 젖꼭지가 튀어나오고 주위가 새까맣게 변했다. 묽은 액체가 젖꼭지에서 흘러나왔다. 살이 엄청 쪘다. 온몸이 자주 부었고, 허벅지와 아랫배에 살이 터서 실지렁이가 기어가는 것처럼 보였다. 배 한가운데의 임신선이 더욱 또렷해졌다. 샤워를 하고 난 후 더 이상 거울에 전신을 비춰 보지 않았다. 속상하고 짜증 났다. 날이면 날마다 내가 이상한 짐승으로 변해 가는 것 같았다. 나는 예전처럼 다시 날씬해질 수 있을까. 다시 친구들을 만나 거리를 활보할 수 있을까. 이 세상 그 누구도 배불뚝이 괴물로 변한 나를 반가워하지 않을 것 같았다.

*

권 선생과 혜린 언니는 사이가 안 좋았다. 혜린 언니는 권 선생이 아는 건 없는 주제에 고집만 세다고 욕했고, 권 선생은 혜린 언니를 나이만 먹은 대책 없는 날라리로 생각했다. 권 선생은 강당 프로그램에서 성교육과 육아상담을 담당하고 있었다. 하지만 노처녀인 권 선생은 이론과 실전 둘 다에 약했다. 혜린 언니가 권 선생을 대놓고 무시하는 이유였다.

어느 날 3층으로 올라온 권 선생이 우리를 둘러보며 말했다.

"이상해. 남자들은 왜 다들 소극적이지?"

권 선생은 자신이 누구를 상대하고 있는지 잠시 까먹은 것 같았다.

"난 남자들이 좀 더 적극적이었으면 좋겠어. 벽으로 밀어붙이고, 키스도 막 하고."

지은 언니와 혜린 언니가 키득거렸다. 나는 권 선생의 얼굴을 빤히 쳐다보며 물었다.

"선생님, 아직도 처녀예요?"

권 선생이 당황해하며 얼굴을 붉혔다.

"그, 그런 말이 어디 있어요? 나, 남자를 잘 알죠."

나는 언니들과 눈을 맞추며 권 선생을 비웃었다.

권 선생의 성교육 시간은 지루하기 짝이 없었다. 피임 얘기만 되풀이했다. 수업 내용도 인터넷에 나와 있는 걸 그대로 복사해 나눠 주었다. 어느 날 권 선생이 콘돔 한 상자를 들고 왔다. 그런데 정작 자신은 부끄러워서 고무를 꺼내 사용법 시범조차 제대로 하지 못했다. 보다 못한 누군가가 외쳤다.

"선생님, 우린 다 아는 거예요!"

모두들 웃음을 터트렸다. 얼굴이 벌게진 권 선생이 갑자기 손가락으로 우리들을 한 사람씩 지목했다.

"혜린 씨, 지은 씨, 보라 씨! 웃지 마세요. 다들 피임도 제대로 못한 주제에… 그래서 이렇게 불쌍한 미혼모가 된 거잖아요!"

순간 강당 안이 조용해졌다.

수업이 끝난 후 화가 난 혜린 언니가 방방 뛰었다. 그러더니 결국 사무실로 원장을 찾아갔다. 인터넷 검색이나 댓글 달기에 열심인 혜린 언니는 다양한 종류의 단어를 알고 있었다. 혜린 언니는 '모욕감'을 느꼈다고 원장에게 말했다. 원장은 무서운 게 없는 이곳의 일등 대장이었지만 인터넷에는 민감했다. 특히 혜린 언니의 댓글 달기 취미에 신경을 썼다. 그날은 혜린 언니의 한판 승리였다. 원장이 권 선생을 불러다 야단쳤고, 권 선생이 잘못했다고 빌면서 울었다는 소문이 생활관 안에 파다하게 퍼졌다.

강당 프로그램 중에는 재미있는 것도 꽤 있었다. 나는 특히 손으로 뭔가를 만들어 갖게 되는 시간이 좋았다. 다들 좋아하는 프로그램은 소품공예, 리본공예, 뜨개질, 향초 만들기 등이었다. 싫어하는 프로그램은 문학 교실, 서예 교실, 태교 교실 순이었다. 문학 교실은 강의하러 온 외부 강사가 뜬금없이 이 글의 주제가 뭐냐고 묻거나, 백지를 나눠 주고 시를 쓰라고 하거나 했다. 모두들 황당해했다. 우리가 시를 쓰지 않으면 강사의 얼굴이 붉으락푸르락해졌다. 그런 날에는 강사가 내내 뚱한 표정을 지었다. 서예 교실은 한 시간 동안 글자를 하나씩만 연습했다. 붓을 들고 한 일(一)자나 바를 정(正)자를 팔이 저려 올 때까지 썼다. 태교 교실은 자원봉사자들이 한꺼번에 우르르 몰려와 태교 동화를 읽어 주었다. 나이 든 교회 권사들이 어린아이처럼 혀 짧은 소리를 내며 동화책을 읽으면 정말이지 우스워서 죽을 지경이었다. 웃기지만 웃음을 참아야 하는 시간. 태교 교실은 우리에게 인내심을 가르쳐 주는 시간이었다.

*

나는 늘 배가 고팠다. 외부음식 반입 금지 규칙, 게다가 저녁 8시 이후에는 간식을 먹을 수 없기 때문이었다. 2층의 식당 음식은 맛이 너무 없었다. 식당 이모는 반찬을 세 가지씩 준비했다. 김치, 오징어볶음, 달걀찜이거나, 김치, 잡채, 어묵볶음 등이었다. 먹을 때마다 반찬 맛이 달랐다. 짜거나 싱겁거나, 둘 중 하나였다. 하지만 어떤 음식도 한꺼번에 많이 먹을 수 없었다. 자궁이 커지면서 위장을 짓눌렀기 때문이었다. 소화불량과 속쓰림이 계속되었다. 하지만 배는 금방 고팠다. 밤 11시 소등시간이 되어 이불을 펴고 누우면 온갖 군것질거리들이 머릿속에 떠올랐다. 편의점 진열대의 천 원짜리 과자들이 눈앞에서 왔다 갔다 했다.

그래도 누군가는 바깥 음식을 숨겨 오는 데 성공했다. 후드티 모자 속, 브래지어 안, 접는 양말 안쪽 등에 초콜릿이나 사탕을 숨겨 왔다. 면회 온 가족들이 음식이 든 비닐봉지를 계단에서 몰래 쥐어 주고 떠나기도 했다. 2층과 3층으로 향하는 계단에는 CCTV가 없었다. 1층 사무실 복도에서 가족들과 떠들썩하게 인사를 나눈 뒤 음식 봉지를 들고 계단을 오르면 그만이었다. 컵라면이 단연 인기였다. 지은 언니가 컵라면을 얻어 온 날, 밤중에 랜턴을 들고 도둑고양이처럼 2층 식당으로 살금살금 내려가 정수기에서 뜨거운 물을 받아 왔다. 혹시라도 문틈으로 불빛이 새어 옆방에서 자고 있는 사감 선생이 눈치챌까 봐 두꺼운 이불 안에서 랜턴을 켜고 라면을 먹었다. 다 먹은 후엔 방에 냄새가 배지 않도록 추운 날씨인데도 창문을 활짝 열어젖혔다.

몰래 야식을 먹은 날에는 특히 잠이 오지 않았다. 끄윽대며 계속 트림을 했다. 배가 점점 부풀어 오면서 똑바로 누워도, 옆으로 누워도, 잠을 잘 수 없었다. 튼살 위에 올리브오일을 철벅철벅 발랐다. 하지만 아랫배와 허벅지는 날이 갈수록 징그럽게 갈라졌다. 오줌을 더 자주 눠야 했다. 화장실 앞에서 매번 신경전이 벌어졌다.

잠이 오지 않는 밤엔 지난 일들이 새록새록 떠올랐다. 그날 새벽은 재수에 옴 붙은 날이었다. 주점에서 술 취한 여자 어른들과 시비가 붙었다. 시비 끝에 어떤 여자가 희수의 뺨을 때렸고, 우리 쪽 남자애가 그 여자를 확 밀쳤다. 순식간에 의자가 뒤집어지고 술잔이 엎어졌다. 긴급 출동한 경찰들은 어른들

말만 들었다. 술 취한 고등학생들에게 불리한 진술들이 쏟아졌다. 다음 날, 그쪽 여자 둘이 진단서를 끊고 병원에 드러누워 버렸다. 희수는 더 재수가 없었다. 중3 때의 폭행사건이 까발려졌다. 결국 희수는 보호관찰 2년에 사회봉사 150시간을 선고받았다. 그날 이후 희수는 만날 때마다 나를 들볶았다. 내가 받은 보호관찰 6개월을 질투하면서 트집을 잡았다. 똑같이 사고 쳤는데 이렇게 불공평한 게 어디 있냐고 불만이었다. 희수 만나기가 점점 짜증났다. 담당 보호관찰관도 희수 만나는 걸 간섭했기 때문에 희수와는 점점 사이가 멀어졌다.

엄마는 딱 한 번 면회 왔다. 1층 면회실에서 엄마는 '혀 깨물고 죽는 한이 있어도' 아기를 낳아 키우는 건 절대로 볼 수 없다고 말했다. 여자 혼자 애 키우기가 어디 쉬운 세상이더냐고 엄마가 신세한탄을 늘어놓았다. 평생 손가락질 받지 말고 깨끗이 새출발 하라고 윽박질렀다.

나는 어떻게 해야 할지 여전히 알 수 없었다. 술 담배도 완전히 끊지 못했고, 날마다 기분도 들쑥날쑥 제멋대로였다. 나중에 모자원에 입소해서 아기를 키우면서 취업준비를 해낼 자신도 없었다. 엄마 말대로 아기를 보내는 것이 나을 것 같았다. 어쩌면 아기는 좋은 엄마, 좋은 아빠와 살게 될지도 몰랐다. 운이 좋으면 미국이나 캐나다로 보내질지 몰랐다. 다른 아이들보다 엄청 빠르게 조기유학을 가는 셈이었다.

*

위층에서 지은 언니의 고함 소리가 들렸다. 식당에서 점심을 먹던 사람들이 숟가락질을 멈추고 숨을 죽였다. 나는 혜린 언니를 쳐다보았다. 혜린 언니도 놀란 표정이었다. 지은 언니가 식당에 내려오지 않았지만 아무도 크게 신경 쓰지 않았다. 외출일지를 쓰고 밖에 나가려니 짐작했다. 이어서 권 선생의 앙칼진 목소리가 들렸다. 그제야 상황이 짐작 된다는 듯 다들 밥을 계속 먹었다.

나는 자리에서 일어섰다. 지은 언니의 고함 소리가 멈추지 않아서였다. 혜린 언니를 쳐다봤다. 혜린 언니도 숟가락을 내려놓고 일어서고 있었다.

재스민실에서 지은 언니가 여행 가방을 챙기고 있었다. 배를 앞으로 내밀고 굼뜨게 몸을 움직이며 옷가지를 챙겨 넣었다. 권 선생은 팔짱을 끼고 방문 앞에 서 있었다.

"왜 항상 나만 들들 볶고 지랄이에요? 홍삼포나 비타민제 나눠 줄 때도 나만 빼놓고, 외출시간도 왜 나는 일 분만 늦어도 반성문 쓰고 벌 청소 시켜요?"

"그건 지은 씨 피해망상이에요. 정신 차려요! 여긴 혼자 사는 곳이 아니잖아요. 제멋대로 행동하면 안 돼요."

"내가 갈 데가 없는 줄 알아요? 나가면 될 거 아니에요?"

지은 언니가 가방을 질질 끌며 현관으로 향했다. 배불뚝이 지은 언니는 갈 곳이 없었다. 언니를 붙잡아야 했다. 나는 발을 동동 굴렀다. 그때 혜린 언니가 재빨리 지은 언니의 가방을 빼앗았다.

"내 가방 이리 내! 이제 더는 못 참아! 나 나갈 거야!"

혜린 언니가 가방을 끌고 목련실로 들어가 방문을 잠갔다. 지은 언니가 목련실 방문을 쿵쿵 두드리며 울고불고했다.

그날 밤, 혜린 언니가 베개를 들고 재스민실로 건너왔다. 바닥에 이불을 펴고 셋이서 함께 누웠다. 혜린 언니가 그동안 숨겨 두었던 아기 사진첩을 보여 주었다. 남자친구와 자취방에서 살 때 정리해 둔 포토다이어리였다. "그 새끼 사진은 다 찢어서 버렸는데, 뱃속 아기 사진은 차마 못 버렸어." 다이어리의 제목이 "내 생애 최고의 선물"이었다. 점점 자라면서 변해 가는 태아 모습들, 그리고 임신 초기와 중기 무렵의 혜린 언니 사진들이 보였다. 다이어리는 8개월째에 끊겼다. 마지막 페이지에 이런 글귀가 있었다. "아가. 반가워. 네가 와 줘서 얼마나 기쁘고 행복한지." 다이어리를 덮으며 혜린 언니가 흐느껴 울었다. 나도 따라서 엉엉 울었다. 지은 언니는 말없이 고개를 벽 쪽으로 돌렸다.

그날 밤 혜린 언니는 119 구급차에 실려 갔다. 두통과 복부 통증으로 잠이 깬 언니는 갑자기 눈앞이 보이지 않는다고 호소했다. 나는 옆방의 사감 선생을 깨웠다. 언니에게 호흡곤란 증세가 나타나자 사감이 구급차를 불렀다. 나는 혜린 언니와 함께 앰뷸런스에 탔다. 응급실에 도착했을 때 언니는 혈압이 170 까지 올랐고 소변에서 엄청난 양의 단백뇨가 검출되었다. 급성 임신중독증이라고 했다. 요즘 들어 갑자기 몸무게가 늘고 발이 부은 것도 임신중독증 증상 때문이었다. 사감이 원장에게 전화 를 걸었다. 놀란 원장은 무조건 의사의 조치에 따르라고 지시 했다. 새벽에 혜린 언니는 응급 제왕절개술을 받았다.

덕분에 혜린 언니의 아기는 일찍 세상에 나왔다. 35주차에 2.4kg으로 태어난 남자 아기였다. 마취에서 깨어나자마자 언니는 아기의 성별을 물었다. 왕자님, 이라고 내가 말해 주었다. 혜린 언니가 한숨을 푹 내쉬었다. 남자 아기는 입양되지 않고 시설로 보내질 확률이 많았기 때문이었다. 언니가 자꾸만 아기에 대해 캐물었다. 할 수 없이 내가 응급실과 신생아실을 왔다 갔다 하며 소식을 전했다. 신생아실 유리 저편의 아기는 얼굴이 온통 주름투성이였다. 갓 태어난 아기는 조그마한 얼굴을 찡그리며 숨을 할딱거리고 있었다.

다음 날, 혜린 언니는 아기 얼굴을 봤다. 밤중에 신생아실을 찾아간 언니는 당직 간호사에게 아기를 한 번만 보여 달라고 부탁했다. 얼굴이 쭈글쭈글한 아기를 보고 언니가 하염없이 눈물을 흘렸다. 며칠 후 언니는 병원에 아기를 남겨 두고 퇴원했다. 3층으로 돌아온 언니가 자꾸만 울었다. 불쌍한 아기가 꿈에 나타난다고 했다. 다음 날 혜린 언니는 지하철을 타고 병원에 갔다. 아기를 한 번 더 보기 위해서였다. 그 다음 날에도 언니는 병원으로 갔다. 위탁모에게 아기가 넘겨지기 직전, 혜린 언니는 아기를 데리고 돌아왔다. 혜린 언니는 아기와 함께 4층으로 방을 옮겼다.

*

사무실이 비상이었다. 며칠 후 대대적인 입양 홍보 행사가 시작되기 때문이었다. 선생님들은 행사 준비로 눈코 뜰 새 없이 바빴다. 포스터를 제작하고, 행사에 참석할 귀빈들의 명단을 정리해서 초대장을 발송하고, 행사장인 시내의 호텔에 들러 꽃꽂이나 사진의 위치를 확인하느라 야단법석을 피웠다. 아기를 품에 안은 유명 연예인들의 사진이 신문과 잡지에 대대적으로 실렸다. 나는 마음이 조마조마했다. 혹시라도 퇴소한 엄마들이 자기 아기를 신문이나 잡지에서 보게 된다면 가슴이 찢어질 것이었다.

나는 권 선생과 상담실에 마주 앉았다. 입양동의서에 사인하는 걸 더 이상 미룰 수 없어서였다. 친권포기각서에 날짜와 이름을 적는데 괜히 눈물이 났다. 가슴이 저릿저릿했다. 어쩌면 홀가분한 기분인지도 몰랐다. 이제 나는 다시 예전으로 돌아갈 것이다. 다시 날씬해질 것이고, 친구들과 깔깔거리며 몰려다닐 것이고, 술 담배도 실컷 할 수 있을 거였다. 남자친구는 만들지 않을 작정이었다. 남자라면 정우 오빠든 그 누구든 징그러웠다.

아기는 39주차에 태어났다. 새벽에 진통이 시작됐지만 아기가 태어난 건 다음 날 오후 2시 무렵이었다. "예쁜 공주님이네요." 의사 선생님이 말했다. 나는 눈을 꾹 감고 아기를 쳐다보지 않았다. 그 정도는 알고 있었다. 아기를 쳐다본 순간 모든 일이 틀어져 버릴 수 있을 테니까.

나는 흰색 건물을 등지고 도로로 나섰다. '입양은 기쁨입니다.' 새롭게 단장한 플래카드가 바람에 펄럭거렸다. 빵빵해진 젖꼭지에서 액체가 흘러내렸다. 가슴이 아렸다. 여행 가방을 끌며 나는 생각했다. 이제부터 나는 정말 행복해지는 걸까? 무엇보다도 그게 궁금했다.

우리들, 킴

우리는 브뤼셀 외곽의 크고 작은 도시에서 살고 있었다. 작년 연말, '벨기에 한인 입양인회'라는 모임이 처음 결성되었고, 그 자리에서 우리는 서로의 이름이 킴이란 걸 확인했다. 우리는 적잖이 당황했다. 하지만 누가 먼저랄 것 없이 곧 어색한 웃음을 터트리며 분위기를 누그러뜨렸다. "이 세상에는 킴이 너무 많아." 우리 중 누군가가 말했다. 한국에서는 킴이 이름이 아니라 성이라는 사실을 다들 알고 있었다. 입양 당시 어떤 식으로든 아기를 고국 문화와 연결해 주려던 양부모들의 얇은 지식과 호의가 불러온 혼란이었다. "그래도 다들 성이 달라서 다행이야." 누군가 이렇게 말하자, 또 다른 누군가가 대꾸했다. "난 몇 년 전에 친엄마를 만났는데, 내 성도 킴이었어."

몇 년 전, 한국에서 친엄마를 만난 킴은 화가였다. 킴은 용감했다. 양엄마를 싫어하고, 친엄마 역시 좋아하지 않는다는 사실을 주변 사람들에게 당당하게 밝혔다. 열일곱 살에 양엄

마와 결별한 후 집을 뛰쳐나온 킴은 20년 만에 만난 친엄마와
도 갈등이 깊었다. 킴의 엄마는 미혼 시절에 아기를 낳아 두
달 뒤에 길거리에 버렸고, 그 후 결혼해서 두 아들을 낳아 기
르며 살고 있었다. 첫 상봉 이후에도 킴은 엄마와 떳떳하게 만
나거나 연락할 수 없었다. 엄마가 과거를 숨기고 싶어 했기 때
문이었다. 엄마 쪽에서도 스트레스가 심했는지 몇 년에 걸쳐
두 사람은 자연스럽게 멀어졌고 연락이 끊겼다.

화가 킴은 이 모든 이야기를 맥주와 와인과 치즈와 말린 과
일이 놓인 다과 테이블 앞에서 털어놓았다. 그러면서 우리 중
누군가가 친부모를 찾기 원한다면 한국과 벨기에의 인맥을 총
동원해서 도와주겠다고 약속했다. 그녀는 한 손에 담배를 다
른 손에는 맥주잔을 들고 있었다.

"난 벨기에 입양아 1세대야. 스웨덴을 제외한 유럽 국가에
는 1968년 이후에야 한국 고아들이 도착할 수 있었지. 1969년
에 네 명의 아기가 처음 벨기에로 왔고, 그 후 한국 아기들이
물밀듯이 쏟아져 들어왔어."

말하는 도중에 킴은 연거푸 맥주잔을 들이켰다. 친엄마와
사이가 멀어진 후에도 킴은 벨기에와 한국을 오가며 미술 전
시회를 열고 활동했다. 그리고 서울의 한 입양인 단체에 자원
봉사자로 일하며 친부모를 찾는 다른 입양인들을 도왔다.

사실 그날 우리 모두는 약간의 흥분상태에 빠져 있었다. 벨
기에에 살고 있는 삼천칠백여 명의 한국 출신 입양인 중에서

스물세 명이 처음으로 모인 날이었던 것이다. 조그마한 유럽의 나라에 이토록 많은 한국인 입양인이 살고 있다는 사실에 다들 놀랐고, 비슷비슷한 갈색 머리, 갈색 눈동자, 누런 피부를 서로 확인하며 새삼 다시 놀랐다.

화가 킴의 이야기에 열렬한 반응을 보인 사람은 다과 테이블 앞에 서 있던 또 다른 킴이었다. 그녀는 건축 사무실의 계약직 비서였고, 작년에 난생처음 한국을 방문한 적이 있었다.

"방송국에서 연결해 준 유전자 연구소에 머리카락과 입안을 훑어 낸 면봉을 두고 왔어."

누군가 비서 킴에게 물었다.

"가족은 못 만났어?"

"아침 방송에 출연한 후에 두 가족이 나타났어. 하지만 친자 확인 결과 둘 다 불일치 판정을 받았어."

"그걸로 끝이었어?"

"응. 달리 뭘 할 수 있었겠어?"

친부모 찾기에 관한 한, 우리의 의견은 크게 세 가지로 나뉘었다. '나는 누구인가'라는 고전적인 질문에 시달리는 경우엔 한 번쯤 반드시 친부모 찾기를 시도했다. 하지만 쉬운 일이 아니었다. 어렵사리 지구 반대편으로 날아가도 기껏해야 입양서류에 적힌 보육원을 찾아가거나, '최초 발견지'를 확인하는 걸로 만족해야 했다. 친부모 찾기에 전혀 신경 쓰지 않는 이들도 많았다. 왜 그런 것에 관심을 가져야 한단 말인가? 비정한 지구에 내던져진 유기된 생명체. 아니, 도대체 그렇지 않은 인생도 있단 말인가? 하지만 대다수의 우리는 딱히 엄마라고만은 할 수 없는 무언가를 끊임없이 찾아 헤맸다. 자신의 인생에서 사라져 버린 어떤 단서, 혹은 퍼즐 조각을 찾는 것이었다. 현재를 의미 있게 만들어 줄 그 무언가가 우리에게는 필요했고, 만날 수 없고 상상 속에서만 존재한다는 바로 그 이유로 엄마의 이미지는 여러 형상들로 가슴속에 남아 있었다.

비서 킴은 첫 번째 경우였고, 작년에 특히 미칠 듯한 가려움증을 겪었다. 그녀는 긁고 또 긁고, 파고 또 팠다. 브뤼셀에서 유명하다는 피부과는 죄다 찾아다녔고, 여러 종류의 연고를 바르고 알약들을 삼켰다. 하지만 다시 가려웠고, 피가 나게 긁었고, 기포가 터져 진물이 흘렀고, 온몸에 붉은 점이 퍼졌다.

"겪어 보지 않으면 아무도 그 고통을 몰라."

우리의 눈길이 저절로 킴의 얼굴과 목덜미로 향했다. 얼핏 보기에 상태가 그리 고약해 보이지는 않았다. 전체적으로 피부에 붉은빛이 돌고, 붉은 점이 군데군데 눈에 띨 뿐이었다. 증세가 호전된 것 같았다.

"그런데 소문과는 달리 한국인들은 다소곳하거나 예의를 차리는 부류가 아니었어."

작년에 킴은 불쾌한 한국인들을 여럿 만났고, 그중 한 사람은 방송국 아웃소싱 팀에 소속된 작가였다. 그는 공과 사를 철저히 구분했고, 방송과 직접 관련 없는 킴의 부탁들을 조목조

목 거절했다. 절박하고 필사적인 심정으로 가족을 찾는 사람들에게 오랫동안 시달려 온 탓인 듯했다. 그래도 비서 킴은 아랑곳하지 않고 끈질기게 질문을 퍼부었다. '내가 친부모를 만나게 될 확률은?', '새로 밝혀진 내 정보는?', '유전자 검사 결과는 몇 퍼센트 믿을 수 있나?', '언니라고 주장하는 여자가 나와 닮지 않았나? 당신의 정확한 의견은?' 등등 하루에도 수차례씩 메시지를 보냈다. 작가는 킴에게 결국 다음과 같은 이메일을 보냈다. '내가 신(神)인가요? 어떻게 당신에 관한 모든 걸 알겠어요? 내게 더 이상 질문하지 마세요. 당신은 결국 당신이 듣고 싶은 대답만 듣길 원하잖아요.'

비서 킴이 변명하듯 말했다.

"브뤼셀에서는 300유로에 6주 걸리는 친자확인 검사가 서울에서는 20만 원에 겨우 이삼 일 걸렸어. 그래서 검사 결과를 믿을 수 없었어."

화가 킴이 비서 킴에게 물었다.

"20만 원을 지불했어?"

"결과가 일치하면 생방송에 출연한다는 조건으로 돈을 내지는 않았어."

화가 킴이 비서 킴에게 말했다.

"원한다면 너에 대해 자세히 조사해 볼게."

화가 킴은 다음 달에 한국을 다시 방문할 예정이었다. 재외한인 예술가들을 초청하는 P대학 학술대회에 참가하는 것이었다. 여행경비와 체재비가 지원되는 학술대회 기간 동안 그녀는 비서 킴의 친가족을 찾아보겠다고 약속했다.

개인 자료를 보내 주기만 하면 가족 찾는 일을 도와줄 수 있느냐고, 누군가가 화가 킴에게 물었다.

"물론이지."

화가 킴이 고개를 끄덕였다.

우리가 보관하는 자료는 대개 엇비슷했다. 한국을 떠날 때 다들 비슷한 절차를 거쳤기 때문이었다. 양부모로부터 받은 입양서류 외에 이런저런 경로로 수집한 서류들은 종류가 꽤 여러 가지였다. 생활기록부, 건강기록부, 경과보고서, 비행 전 보고서 등은 홀트 서울 지부에서 영어로 작성한 문서였다. 아동카드, 고아 후견인 지정인 신청서, 입양 서약서, 그리고 입양 직전에 아이를 호주로 등록한 호적등본은 보육원, 서울 시청, 구청에서 발행한 문서였고, 영어와 한글 원본이 각각 남아 있었다. 맨 마지막 서류는 해외 입양이민 승낙서였다. 만약 우리 중 누군가가 인내심을 갖고 한글을 배운다면, 어느 날 마침내 다음과 같은 한글 문장을 읽게 될 것이었다.

'상기 아동은 본인이 양육하는 유적아로서 아동의 장래를 위해 귀회의 알선으로 입양 이민하는 것을 승낙하며 상기 아동에 대한 모든 권리를 고아 입양 특례법 제 2조에 의하여 포기합니다.'

다들 똑같은 포즈로 찍힌 사진이 서류 속에 들어 있었다. 영

문 이름, 케이스 번호, 생년월일이 적힌 커다란 목걸이를 목에
건 사진이었다. 그 사진을 보면 누구든 한동안 물끄러미 그걸
들여다보게 되었다. 때로 묘한 기분이 들었는데, 아마도 무뚝
뚝하게 정면을 응시하는 얼굴 표정 때문인 듯했다. 그때 우리
는 법적으로 고아와 무국적 신분이 되어 어딘지 모를 먼 곳으
로의 여행을 앞둔 아이들이었다. 사진 속에서 웃고 있는 입양
아를 아직까지 본 적이 없다. 울고 있는 아이도 없었다. 당연
한 일이었다. 혜자야, 정식아, 수진아, 자, 여기 보세요. 하나,
둘, 셋. 그 순간 놀란 아이가 울음을 터트렸다면 사진사는 다
시 셔터를 눌렀을 것이고, 아무리 해도 웃지 않는 아이의 무표
정한 얼굴을 가까스로 렌즈 안에 담았을 것이다.

　작년 연말, '벨기에 한인 입양인회' 모임은 우리들에게 깊은
인상을 남겼다. 수많은 사람들 중에서 겨우 스물세 명이 모인
것이었지만, 우리들 대부분은 한국이 '한강의 기적'을 이룩한
1970년대에 이곳으로 보내졌다는 공통점이 있었다. 기적을 이
루는 데 우리의 존재가 거추장스러웠다는 것을 짐작할 수 있
었다. 그날 우리는 대체로 즐거웠다. 맥주와 와인을 마시며 쉴
새 없이 수다를 떨었고 자주 흥분했다. 첫 모임이라고는 믿기
지 않을 정도로 의기투합하기도 했다. 일 년에 한 번 정기 모임
을 갖고, 분기별로 한 차례 회보를 만들기로 결정했다. 로베르
가 즉석에서 편집장으로 뽑혔고, 회원 근황을 담은 회보는 프
랑스어, 플라망어, 영어로 각각 작성하여 이메일로 발송하기로

했다.

*

회원동정란에 실린 첫 소식은 비서 킴에 관한 이야기였다. 비서 킴은 올 2월에 친엄마를 만났다. 작년 연말 모임 이후 두 달 만이었고, 화가 킴이 한국에 다녀온 지 겨우 한 달 만이었다. 한국의 방송사에서도 하지 못한 일을 해내다니! 이것이야말로 기적이 아닐 수 없었다. 역시 화가 킴은 친부모 찾기에 일가견이 있는 전문가였다.

한국에 도착한 화가 킴은 곧장 P시 시청을 찾아갔다고 한다. 비서 킴의 입양서류에 적힌 '최초 발견지'가 P시였기 때문이었다. 그런데 시청에 보관된 '요보호자 수용 의뢰서'와 '상담 조서'에는 놀랍게도 아기의 엄마와 아빠의 이름, 그리고 두 사람의 주민번호가 또박또박 적혀 있었다. 젊은 엄마는 경찰서를 찾아가 아기를 직접 넘겼고, 언젠가는 반드시 아기를 되찾겠다고 결심한 것이었다. 화가 킴은 곧바로 관할 경찰서를 방문해 '헤어진 가족 찾아주기 신청서'를 제출했다. 경찰서에서의 추적은 그리 어렵지 않았다. 주민조회를 통해 전국에 흩어진 같은 나이, 동명의 남녀를 알아냈고, 민원 상담관이 신원을 확인하는 전화를 일일이 걸었다. 화가 킴은 곧 벨기에로 돌아왔다. 뒷일은 P대학 학술대회에서 만난 최가 맡아 주었다. 최는 경찰서의 민원 상담관과 연락을 주고받았고, 당사자인 비서 킴에게 이메일로 직접 소식을 전했다.

비서 킴의 아버지는 3년 전 세상을 떠났고, 제적부에는 고령의 아내와 세 자녀에 관한 기록이 남아 있었다. 세 자녀는 모두 킴보다 나이가 많았다. 민원 상담관이 P시에 사는 이복오빠와 통화했다. 벨기에로 간 입양아에 대해 묻자 전화기 옆에 있던 이복오빠의 어머니가 사실을 확인해주었다. 고령의 아내는 P시의 다른 동네에서 남편과 오랫동안 함께 살았던 킴의 엄마에 대해 잘 알았고, 기꺼이 연락처를 수소문해 주었다. 민원 상담관의 연락을 받은 친엄마는 작년에 킴이 방문했던 서울의 유전자 연구소를 찾아가 친자확인 검사를 했다. 이후 모든 일이 빠른 속도로 진행되었다.

그즈음 비서 킴은 밤잠을 잘 수 없었다. 붉은 발진이 다시 온몸으로 퍼졌고, 신경이 극도로 예민해졌다. 모든 게 의심스러웠고 불안했다. 피부염 치료약과 함께 수면제와 항불안제를 복용해야 했다. 가장 미심쩍은 건 최가 보낸 '유전자 분석 감정서'와 '친자확인 유전자 분석결과'였다. 킴은 이메일로 받은 한글 서류를 브뤼셀 시내의 번역원에 의뢰했다. 불어로 번역된 검사 결과는 다음과 같았다.

'본 검사 결과 검체 1의 모발 1과 검체 2의 모발 2는 검사된 모든 STR 유전자 좌에서 일치하였으며, 친모 확률 값이 99.98%로 나타나 친자관계가 성립함을 증명해 줍니다.'

초조해진 킴은 최에게 이메일을 보냈다. 검사자와 분석자의 서명이 서류에 누락된 이유는 무엇인지, 어떻게 이런 걸 공식 서류라고 믿으라는 건지, 연구소 책임자가 서명한 서류를 자신이 직접 이메일로 다시 받을 수 있는지 등을 물었다. 킴은 그 누구도 궁극적으로 믿을 수 없었다. 서류를 다시 받아서 신뢰도를 다시 꼼꼼히 따져 봐야겠다는 생각뿐이었다.

킴은 하룻밤에 연달아 다섯 통의 이메일을 최에게 보냈다. 문장 속에 신경증이 고스란히 드러나 있었다. 다음 날, 최가 보낸 답장은 전체적으로 부드러웠다. 하지만 자신은 직장일과 가정일로 분주한 여성이며 자원봉사자일 뿐이라는 사실을 분명히 밝혔다. 서류를 잘 살펴보면 유전자 연구소 소장의 직인이 하단에 찍혀 있고, 연구소에서 자신을 통해 킴에게 서류를 전달한 건 처음부터 그런 식으로 연락을 했기 때문이라고 설명했다.

킴은 손톱의 거스러미를 물어뜯으며 최의 이메일을 읽었다. 카카오톡에서 봤던 최의 얼굴이 서서히 일그러지는 상상을 했다. 처세술과 대인관계는 킴에게 가장 어려운 숙제였다. 자신이 버려진 아이였기 때문이라고 언젠가 킴이 말했을 때, 우리는 말없이 고개를 끄덕였다. 어쨌든 킴은 최의 심기를 거스르고 싶지 않았다. 킴에게 질려 버린 최가 갑자기 연락을 끊어 버리게 만들어서는 안 되었다. 킴은 다소 과장된 문구를 사용하여 최에게 감사 메일을 보냈다.

*

그날 비서 킴은 퇴근 후 곧장 집으로 왔다. 겨울비가 추적이고 하늘이 음습하게 내려앉은 날이었다. 전형적인 벨기에의 겨울 날씨였다.

밤 12시가 되자 스카이프 아이디를 입력하고 사이트에 접속했다. 한국시간으로는 아침 8시일 거였다. 잠시 후 세 여자가 컴퓨터 화면에 나타났다. 여자들은 일제히 정면을 쳐다보고 있었다. 사진으로 봤던 여자가 입양서류에 적힌 킴의 한글 이름을 불렀다.

"은혜야!"

첨부파일에서 봤던 모습 그대로였다. 짧은 파마머리에 얼굴이 둥글고 넓적했다. 알록달록한 붉은색 블라우스를 입고 있었다.

"니가… 은혜냐?"

자신이 낳은 딸의 이름이 은혜라는 걸 여자는 며칠 전에야 알았다. 킴의 한글 이름은 보육원의 원장 수녀가 지어 준 것이었다.

"엄마?"

"그래, 은혜야."

"그동안 안녕하셨어요? 엄마?"

여기까지였다. 킴이 능숙하게 구사하는 한국어가 총동원된 것이었다. 킴은 더 이상 말을 잇지 못하고 다른 두 여자에게로 눈길을 돌렸다. 나이 든 여자는 이모일 것이고, 젊은 여자는 이모의 딸인 사촌일 거였다. 최의 이메일에 의하면, 사촌은 대학의 영문과에 재학 중이었다.

사촌이 자신의 손등을 손가락으로 가리키며 영어로 말했다.

"손등의 점을 보고 싶다고 하시네요."

킴은 화면을 향해 왼쪽 손등을 비췄다. 엄지와 검지 사이, 콩알 크기의 검은 점이 보였다. 최의 이메일을 통해 여자가 맨 먼저 물어본 것도 손등에 과연 점이 있는가 하는 것이었다.

손등을 확인한 여자들이 탄성을 질렀다. 그때 여자가 뭐라고 말했고, 사촌이 통역했다.

"맞다고 하시네요. 그리고 당신 얼굴이 큰 이모 젊었을 때랑 아주 똑같다고 합니다."

사촌이 덧붙였다.

"이모는 평생 딸을 찾아 헤맸다고 합니다. 그리고 항상 죄책감을 느꼈답니다. 이모에게 혈육은 오직 당신뿐이라고 하네요."

킴은 여자의 얼굴을 바라보았다. 바야흐로 일생일대의 소원이 이루어지는 순간이었다. 그런데 이상하게도 실감이 나지 않았다. 눈물은커녕 오히려 눈자위가 건조해지고 눈알이 쓰라렸다.

사진으로 봤을 때보다 여자는 훨씬 더 젊어 보였다. 빨간색

립스틱과 알록달록한 블라우스 때문인지도 몰랐다. 자신이 여자를 닮았는지는, 여전히 알 수 없었다.

나중에 킴이 여자의 사진을 보여 주었을 때, 우리들의 대답은 제각각이었다. "둘이 닮은 것 같기도 해. 그런데 한국인들은 다들 비슷비슷하게 생겨서 말이야." 한국인들과 자주 접촉하지 않은 이들의 대답이었다. 몇 사람은 좀 더 세심한 눈길로 여자의 이목구비를 살폈다. 그리고 킴이 보여 준 아버지의 사진과도 신중하게 비교했다. "옆으로 벌어진 눈매, 각진 턱, 그리고 이 광대뼈 좀 봐. 넌 엄마보다는 아빠를 더 닮았어." 이렇게 말한 건 줄리앙이었다. 그의 의견에 우리들 대부분이 동의했다. 전체적으로 마르고 골격이 각진 편인 킴은 둥글고 후덕한 사진 속의 여자와는 분명히 인상이 달라 보였다.

손등의 점을 확인한 순간, 화면 속의 여자가 급격히 무너졌다. 여자가 소리 내어 울었다. 킴의 눈에서도 눈물이 흘렀다. 울고 있다는 걸 의식하기도 전에 눈물이 먼저 흘러내렸다.

친부모 상봉 시 첫 만남이 가장 힘들다는 건 널리 알려진 사실이었다. 양측 모두 억눌렸던 감정이 순간적으로 폭발하기 때문이었다. 특히 친부모 쪽에서 적극적으로 용서를 구했다.

사촌이 통역했다.

"미안하다고, 용서해 달라고 하시네요."

그동안 준비해 둔 말들이 킴의 목구멍 속에서 끓어올랐다. 거울을 보며 또박또박 연습해 둔 문장도 있었다. 하지만 아무

것도 생각나지 않았다. 사촌이 다시 말했다.

"용서해 달라고 하십니다."

킴은 겨우 대꾸했다.

"어머니가 죄책감을 갖는 걸 원하지 않습니다. 나는 모든 걸 이해합니다."

흐느끼던 여자가 뭐라고 말했고, 사촌이 통역했다.

"아버지 가족과도 연락을 했느냐고 물으십니다."

"아직 안 했어요."

"앞으로도 그쪽과는 연락을 하지 말았으면 하십니다."

그날 이후 킴은 일주일에 두세 번, 스카이프를 통해 엄마를 만났다. 엄마는 항상 친척들과 함께 화면에 나타났고, 킴은 이모들과 외삼촌과 사촌들을 알게 되었다. 어린 사촌들은 쉽게 얼굴을 구분할 수 없었다. 다들 엇비슷했다. 헬로! 하이! 사촌들이 서툰 영어로 말을 걸면 옆에 있는 친척들이 미소를 짓거나 웃음을 터트렸다. 벨기에에서는 영어가 아니라 불어와 플라망어가 사용된다는 사실을 아무도 모르는 것 같았다. 친척들에 둘러싸인 엄마는 즐거워 보였다.

엄마의 바람과는 달리 킴은 아버지의 가족과 연락을 주고받았다. 어쩔 수 없는 일이었다. 경찰서의 민원 상담관이 맨 먼저 찾아낸 사람이 바로 이복오빠였고, 엄마의 연락처를 알려 준 사람 역시 아버지의 아내였다. 엄마 역시 이 모든 연결고리를 알고 있었다. 그런데도 어쩐 일인지 엄마는 킴이 아버지의 가족과 연락하는 걸 원치 않는다고 했다.

　한 달 후, 킴은 한국행 비행기 표를 예약했다. 일단 한국으로 가서 모든 걸 다시 확인하고 싶었다. 킴은 회사에 사직서를 냈다. 회사를 그만둔 건 이번이 처음이 아니었다. 그녀의 업무는 주로 문서를 정리하거나 복사하는 일이었다. 6개월이나 1년짜리 단기 계약직이었다. 매번 계약기간이 끝나면 실업급여를 받으면서 다시 직장을 구했다. 이번 계약기간 역시 머잖아 끝날 것이었다. 두어 달쯤 전에 미리 일을 그만두어도 상관없었다.

　킴은 리에주에 살고 있는 양모에게 전화를 걸었다. 브뤼셀에서 동쪽으로 약 90킬로미터 떨어진 리에주는 킴이 고등학교를 졸업할 때까지 살았던 도시였다. 친엄마를 찾아 한국으로 떠난다는 소식에 양모는 깜짝 놀라는 듯했지만 곧 무덤덤한 목소리로 행운을 빈다고 말했다. 킴은 양모와 친한 사이가 아니었다. 고등학교를 졸업하고 브뤼셀의 직업학교에 다니면서부터 자연스럽게 사이가 멀어졌다. 몇 년 전 양부가 세상을 떠난 후로는 일 년에 한 두 차례의 가족 모임 외에는 양모와 단둘이 만나는 일조차 없었다.

　대부분의 양부모가 그렇듯이, 킴의 양부모 역시 호의로 가득 찬 사람들임에 틀림없었다. 자신들의 남매를 낳아 기르면서도 한 번도 가 본 적 없는 먼 동양 나라의 아기를 입양해 길렀고, 삼 년 후 그 아이가 외롭지 않도록 같은 나라 출신의 다른 아기를 입양했으니 말이다. 킴은 두 번째로 도착한 한국인 입양아였다. 킴이 도착한 1977년 무렵, 양부모는 특히 동양 문화에 심취해 있었다. 두 사람은 심청가나 흥부가 같은 이국적인 음반을 수집했고, 시내에서 열리는 축제에 참석할 땐 두 입양아에게 알록달록한 색깔의 한복을 입혔다. 언니와 달리 킴이 한국식 이름을 갖게 된 것도 당시 양부모의 관심과 취향이 반영된 것이었다.

사실 1970년대 중반에 벨기에에서는 해외입양 붐이 거세게 일었다. 외제차와 한국인 입양아가 부와 휴머니즘을 상징하는 것으로 각광받았다. 킴이 리에주에 도착했을 때 언니인 플로랑스는 조용하고 영특한 동양 여자아이의 역할 노릇을 톡톡히 해내고 있었다. 자라는 동안 킴은 매사에 언니와 비교되었다. 그럴수록 킴은 주위 사람들의 기대에 어긋나는 행동을 골라서 했다. 킴의 반항심은 고등학교 시절에 정점을 찍었고, 브뤼셀의 직업학교에 진학할 무렵 차츰 수그러들었다.

한국으로 떠나기 전에 킴은 우리들 몇몇과 조출한 송별파티를 가졌다. 작년 초, 이탈리아 남자와 헤어진 킴은 연말 모임에서 만난 줄리앙과 두어 달 동안 짧게 연애했다. 줄리앙이 킴의 송별파티에 참석한 걸 보면 두 사람은 이별 후에도 사이가 우호적이었던 것 같다. 우리는 브뤼셀 북역 근처, 리사의 아파트에 모였다. 특별할 것 없는 파티였다. 맥주를 마시며 담소를 나누고, 핑크 플로이드와 갱스부르와 자크 브렐의 음악을 들었다. 몇몇은 하시시를 피우거나 차에 타서 마셨다. 마치 학창시절의 행동을 복기하듯이 로베르와 앙리는 밤중에 역 근처의 핍쇼 가게에 다녀왔다. 누군가 두 사람을 향해 휘파람을 불며 야유를 보냈다.

비서 킴은 초콜릿 선물이 가득 든 여행 가방을 끌고 자벤템 국제공항을 떠났다. 이십 년 동안 할부금을 넣어 마련한 방 두 칸짜리 주택을 빈 집으로 남겨 두고서였다. 집을 세놓으려 했지만 갑작스럽게 임차인을 구할 수 없었다.

*

엄마. 난 엄마를 만나기 위해 오랫동안 기다렸어요. 난 아기를 가져 본 적 없지만 자신이 낳은 아기를 버려야 했던 여자의 고통과 괴로움을 짐작할 수는 있어요. 당시에는 지금과 모든 상황이 달랐다는 걸 잘 알아요. 내가 엄마를 만나려는 건 비난하기 위해서가 아니에요. 내가 무사하다는 걸 엄마한테 알리고, 존재의 기쁨을 함께 나누기 위해서예요. 난 엄마가 죄책감을 갖는 걸 원하지 않아요.

*

비서 킴은 약 보름 동안 엄마와 함께 살았다. 그런 후에 서울의 한 호스텔에 장기 투숙했다. 신촌에 위치한 호스텔은 한 입양인 단체가 운영하는 시설이었다. 하루 만 원의 요금을 내면 룸메이트와 방을 공유할 수 있었다. 서울에 여러 개의 입양인 단체가 있다는 사실이 놀라웠다. 생각해 보니 그럴 법했다. 그동안 한국을 떠난 고아들의 숫자가 무려 20만 명이었다. 킴은 연회비를 지불하고 한 입양인 단체에 회원으로 가입했다. 그 단체의 홈페이지에 접속하면 한국생활에 필요한 각종 정보를 얻을 수 있었다. 한국인 자원봉사자들이 운영하는 통역 서비스와 무료 한국어 강좌도 신청했다. 킴의 하루는 분주했다. 한국어 강좌, 취미 요리교실, 각종 입양인 모임들, 문화체험 및 관광 등으로 매일의 일정이 빠듯했다.

킴은 서울에서 친자확인 재검사를 하지 않았다. 인천공항에서 눈물을 쏟으며 엄마와 포옹한 순간, 그럴 필요가 없다는 확신이 들었다. 엄마는 서울의 외곽 도시에서 어떤 남자와 살고 있었다. 작은 식당을 운영하는 엄마 또래의 남자였다. 엄마는 주방에서 음식을 만들거나 설거지를 했고, 남자는 홀 서빙을 하고 계산대를 지켰다. 두 사람은 사이가 좋아 보였다.

엄마는 변덕이 심했다. 적어도 킴이 보기엔 그랬다. 어느 날 갑자기 나타난 딸의 존재를 재빨리 받아들이고 적응하다가도, 어느 순간 외계인 보듯 킴을 쳐다봤다. 엄마는 모든 걸 간섭하고 참견했다. 마치 장기간 외국 유학을 갔다가 귀국한 딸을 대하듯 했다. 통역할 사촌이 옆에 있을 땐 특히 잔소리가 심했다. 왜 여태 결혼을 안 했느냐, 피부염 관리나 똑바로 해라, 다리를 벌리지 말고 앉아라, 눈썹 문신을 해라, 화장하고 다녀라, 밤늦게 돌아다니지 말아라, 등의 말을 퍼부었다. 그러다가도 정작 킴과 단둘이 있으면 무표정한 얼굴로 TV 화면만 쳐다보았다. 엄마는 잘 웃지 않았다. 친척들, 특히 이모들과 함께 있을 땐 큰 소리로 웃고 떠들었지만, 킴과 있으면 입을 꾹 다물고 무뚝뚝한 얼굴로 되돌아갔다. '날 사랑하지 않는 걸까?' 킴은 자주 초조해졌다. 그럴 때마다 잊고 있던 한 가지 사실이 떠올랐다. '엄마는 날 버렸어.' 킴의 가슴 한편에 어쩔 수 없는 원망과 상처가 독버섯처럼 자라났다.

"만약 네가 그쪽 사람들을 만나면, 다시는 널 안 볼 거다." 사촌이 엄마의 경고를 전했을 때 킴은 혼란에 빠졌다. 왜 아버지의 가족을 만나서는 안 된다는 건지 도무지 이해할 수 없었다. 킴은 있는 그대로의 사실을 알고 싶었다. 한국에 온 이유가 바로 그것이었다. 킴이 고민을 털어 놓았을 때 암스테르담에서 온 입양인이 조언했다. "이건 네가 결정할 문제야. 일단 아버지의 가족을 만나. 엄마에게는 언젠가 사실을 말할 기회가 생길 거야." 킴은 엄마를 속이고 싶지 않았다. 그렇다고 아버지의 가족을 만나지 않고 한국을 떠날 수는 없었다. 킴은 엄마의 경고를 무시하기로 했다. 엄마에게는 당분간 모든 걸 비밀에 부치기로 했다.

P시에 도착한 킴은 먼저 최를 만났다. 두 사람은 시청과 경찰서에 들러 서류들을 다시 확인했다. 경찰서의 민원 상담관이 엄마를 추적한 과정을 자세히 설명해 주었다. 오후에는 보

육원을 방문했다. 일시보호소를 거쳐 생후 6개월까지 킴이 머물렀던 곳이었다. 다음 날, 킴은 바닷가의 한 카페에서 이복오빠를 만났다. 킴의 숙소인 호스텔 인근에 있는 카페였다. 최가 그 자리에 동석했다. "우리 가족은 널 환영한단다. 그리고 어머니도 널 보고 싶어 하신다." 집안의 장남답게 이복오빠는 따뜻한 인사말로 낯선 누이를 맞았다. 킴이 질문하고 이복오빠의 대답이 이어졌다. 주로 아버지와 아버지의 가족에 관한 이야기였다. 킴이 가방에서 미니 앨범을 꺼냈다. 벨기에의 가족은 물론이고 어린 시절부터 지금까지 킴이 살아왔던 삶의 순간들이 사진 속에 고스란히 담겨 있었다.

그날 저녁, 킴은 이복오빠의 집에서 아버지의 늙은 아내를 만났다. 가난하고 구석진 동네였다. 가파른 언덕의 골목 끝에 이르자 페인트칠이 벗겨진 철제 대문이 보였다. 대문을 열고 들어서자 '큰엄마'가 마당에서 기다리고 있었다. "어서 오너라." 큰엄마가 두 손을 맞잡았을 때 킴의 가슴이 뜨거워졌다. 눈물이 볼을 타고 흘러내렸다. 그동안 킴을 괴롭혀 왔던 의문들이 비로소 조금씩 풀리는 것 같았다.

엄마가 왜 아버지의 가족을 만나지 못하게 하는지, 킴은 끝내 미스터리를 풀지 못했다. 다만 아버지의 주민조회 기록과 친척들의 이야기를 종합해서 짐작해 볼 뿐이었다. 젊은 엄마는 타지에서 근무 중인 아버지를 사랑했고, 얼마 후 아버지는 처자식이 있는 고향 P시로 돌아갔다. 몇 달 후 만삭의 엄마는 무작정 P시에 도착했지만, 아무리 애를 써도 아버지의 행방을 알 수 없었다. P시의 병원에서 홀로 해산한 엄마는 아기를 일단 경찰서에 맡긴 후 다시 아버지를 찾아 나섰다. 두 사람이 극적으로 만난 건 몇 달이 지난 후였다. 그 후 엄마는 P시에서 아버지와 함께 살았고, '큰엄마'는 본가에서 아이들을 길렀다. 애초의 결심과는 달리 엄마는 경찰서에 맡긴 아기를 빨리 찾아보지 않았다. 그런데 아버지의 암 발병 이후 엄마가 집을 떠났고, 아버지는 '큰엄마'에게 돌아갔다.

엄마가 집을 나간 이유와 시기에 대해 엄마와 '큰엄마'의 기억과 주장이 극명하게 갈렸다. 아마도 엄마는 무능한 아버지를 오랫동안 뒷바라지하며 병간호까지 했을지도 몰랐다. 혹은 '큰엄마'의 말대로 '젊을 때는 붙어살다가 늙고 병들자 버렸던' 것인지도 몰랐다. 이복오빠는 "그때 일은 말하고 싶지 않다. 누이가 사실을 알게 되는 것도 원치 않는다. 상처를 받을 테니까." 하며 입을 다물었다. 진실이 무엇이든 간에 킴의 아버지는 '큰엄마'의 주소지로 전입신고를 한 지 일 년 후에 세상을 떠났다. 말기 암 환자였던 킴의 아버지는 오랫동안 함께 살아온 킴의 엄마가 아니라, 늙은 아내의 간호를 받으며 이 세상을 떠난 것이다.

*

한국으로 떠난 지 육 개월 만에 킴은 벨기에로 다시 돌아왔다. 오베쥬의 옛집으로 돌아온 킴은 홀가분한 표정이었다. "한국에 있는 동안 이곳의 맑은 공기와 자전거 길과 포도밭이 너무나 그리웠어." 우리를 다시 만났을 때 킴이 맨 처음 내뱉은 말이었다. 킴은 집 근처의 사무실에서 다시 비서 일을 시작했다. 이번 계약기간은 이 년이었다. "이 년 후에 다시 한국을 방문하고 싶어. 한국은 내가 생각했던 것보다 훨씬 크고 부유한 나라였어." 한국의 GDP 현황이나 경제 성장률 따위, 우리들은 잘 알고 있었다. "하지만 한국은 아직도 고아를 수출하고 있고, 내 가족은 여전히 가난하게 살고 있어." 킴이 다소 시니컬한 목소리로 덧붙였다.

올 연말, 브뤼셀의 한 식당에서 '제2회 벨기에 한인 입양인회'가 열렸다. 작년에 스물세 명으로 시작된 모임은 일 년 사이에 회원 수가 백여 명에 달했고, 회보 제작과 소모임 역시 활발하게 진행되고 있었다. 다과 테이블 앞에서 긴 이야기를 마친 비서 킴이 우리를 둘러보며 말했다. "누구든 개인 자료를 보내 주기만 하면 친부모 찾는 걸 내가 도와줄 수 있어." 한국을 다녀온 후 킴의 가려움증은 눈에 띄게 호전되었다. 하지만 그녀의 얼굴과 목덜미에는 여전히 붉은 흔적들이 남아 있었다. 킴의 목 언저리에 묽게 퍼진 점들을 유심히 바라보던 누군가가 물었다. "개인 자료를 보내 주기만 하면 돼?" 킴이 대답했다. "물론이지."

"더 나쁜 경우가 될 수도 있었어." 누군가 느닷없이 그렇게 말했을 때 몇몇이 고개를 끄덕였다. 더 나쁜 경우가 될 수도 있었어. 굶어 죽을 수도 있었어. 거지나 창녀가 될 수도 있었어. "Cela aurait été pire." 전 세계로 흩어진 우리가 서로서로를 위로할 때, 혹은 다른 사람들이 우리의 삶을 함부로 추측할 때 자주 하는 말이었다. 그러나 실제 인생에서 또 다른 경우의 수나 확률은 존재하지 않는다는 걸, 우리들은 이미 알고 있었다.

글로리아

호수 쪽에서 붉은 바람이 불어왔다. 글로리아는 떡갈나무와 야자수가 늘어선 도로 위를 운전하고 있었다. 흰색 돔 지붕의 타운십 건물을 지나자 길 아래로 호수가 내려다보였다. 창문 너머로 고소한 바비큐 냄새가 맡아졌다. 동네사람들이 저녁식사를 준비하는 시간이었다.

글로리아는 해질 무렵의 드라이브가 가장 좋았다. 붉은 석양이 깔릴 때 원색의 꽃과 열대나무들이 줄지어 선 마을의 도로를 운전하노라면 마치 천국의 풍경 속으로 들어선 것 같았다. 두통과 우울이 잠시나마 사라졌다. 하지만 요즈음엔 그 어느 것도 소용없었다. 오늘로 13일째였다. 지옥과도 같았던 지난 2주일여 동안 그녀는 제대로 밤잠을 잘 수도 음식을 삼킬 수도 없었다.

은색 미츠비시가 흰색 단층 주택 앞에 멈췄다. 집 앞 잔디밭을 서성이던 은발의 할머니가 자동차를 향해 다가왔다. 글로리아가 운전석에서 내리자 할머니가 그녀의 어깨를 감쌌다. 글로리아는 전단지 한 묶음을 손에 들고 있었다.

"기분은 좀 어떠니?"

글로리아의 얼굴이 창백했다. 부르튼 입술이 겨우 달싹거렸다.

"끔찍해요. 모든 게 너무나 끔찍해요."

지난 13일 동안 글로리아는 이 작은 호수 도시에서 가장 유명한 사람이 되어 버렸다. 아니, 이 도시뿐만 아니라 플로리다 주 전체를 들썩이게 만든 추문의 주인공이 되었다.

"왜 나한테 이런 일이 일어나는 거죠? 왜, 왜?"

그녀가 거실 탁자에 전단지 묶음을 올려놓았다. 전단지 상단에 컬러로 인쇄된 큼지막한 브라이언의 얼굴 사진이 보였다.

당신은 나를 본 적이 있나요?

나이: 2살, 생년월일: 2012년 8월 10일, 성별: 남아,

인종: 아시안, 머리칼: 갈색, 눈동자: 갈색, 키: 2-3피트,

몸무게: 30-40파운드, 연락처: 354-694-2381 또는 800-CALL-FBI.

지금쯤 플로리다 주에서 브라이언이 유괴된 사실을 모르는 사람은 거의 없을 것이다. 그리고 오늘 밤 8시, 녹화된 인터뷰가 TV에 방영되면 이 놀라운 소식은 삽시간에 미국 전역으로 퍼져 나갈 것이다.

할아버지가 거실로 나왔다. 녹색 티셔츠와 베이지색 면바지의 외출복 차림이었다. 푸른 눈의 할아버지가 측은한 눈길로 글로리아를 바라보았다. 할아버지가 손바닥으로 마른세수를 했다.

"오, 글로리아!"

할아버지가 양팔을 벌려 그녀를 껴안았다. 글로리아가 울음을 터트렸다.

"난 잘못한 게 없어요. 아니, 내가 잘못했어요. 아이를 제대로 돌보고 싶었지만 그렇게 하지 못했어요. 하지만 브라이언은 돌아와야 해요. 그 앤 내가 가진 전부예요."

그녀는 방금 자신이 한 말이 오늘 새벽에 일어나서 적어둔 문장이라는 걸 깨닫지 못했다.

지난 2주일간은 악몽의 시간이었다. 사냥에 나선 몰이꾼들이 산짐승을 몰아가듯 거대한 음모의 그물망이 그녀를 막다른 지점으로 몰아가는 것 같았다.

당신들은 뜬소문을 만들어 내고 사실을 왜곡했어요. 어린 나는 죽도록 일했지만 여전히 조롱과 비난을 받고 있어요. 난 내 감정을 있는 그대로 쏟아낼 수 없고 당신들은 이것을 이해하지 못했어요.

동네사람들은 더 이상 그녀에게 위로와 격려의 말을 하지 않았다. 브라이언이 사라진 직후 위로의 꽃다발과 카드와 홈메이드 케이크를 건네던 사람들의 발길도 뚝 끊겼다. 이웃사람들의 눈초리는 하루가 다르게 변해 갔다. 의심과 경계와 거부감과 혐오가 뒤섞인 눈길이었다. 거리에서 그녀와 마주치면 흠칫 놀라서 고개를 외면하거나 뒷걸음질치는 사람들도 생겼다. 식당에서 글로리아의 얼굴을 알아본 어린 딸의 눈을 재빨리 한 손으로 가리고 딸의 얼굴을 옆으로 돌리는 젊은 엄마도 있었다.

주위 사람들이 만들어내는 기묘한 분위기는 글로리아를 더욱 혼란에 빠트렸다. 어떤 일이 실제로 벌어졌고 어떤 일이 누명인지가 헷갈렸다. 어쩌면 자신이 브라이언에게 해코지했는지도 모른다는 의심마저 들었다. 내부에서 들끓던 억눌린 감정이 폭발하여 자신이 한순간 아이에게 무서운 짓을 저질렀는지도 몰랐다. 아이를 키울 능력도 없으면서 그저 소유하려고만 한다며 비난했던 제이콥과 시어머니가 옳았던 게 아니었을까 여겨지기도 했다. 하지만 아무리 생각해 봐도 결코 그럴 리가 없다는 게 그녀가 매번 내린 결론이었다.

그날 밤, 브라이언의 침대가 비어 있는 걸 확인하고 미친 듯이 집 안팎을 뛰어다니며 아이 이름을 불렀지만 아이는 결국 찾을 수 없었다. 친구들이 911에 전화한 후 신고를 접수받은 직원이 아이 엄마를 바꿔달라고 할 때에도 그녀는 집 앞 도로에서 아이 이름을 소리쳐 부르고 있었다. 당시 녹음된 911 신고 기록에는 전화를 건 친구의 목소리와 바깥에서 황급히 뛰어 들어와 헉헉거리며 상황을 설명하는 글로리아의 목소리가 생생하게 담겼다. 경찰차와 구급차가 도착하고, 집 주변에 노란색 폴리스 라인이 설치되고, 호수 도시에 사는 할머니와 할아버지가 달려오고, 호기심을 참지 못한 이웃들이 글로리아가 세 든 단층 아파트 주변에 하나둘 나타날 때까지도 아이의 행방은 찾을 수 없었다.

사람들은 궁금해했다. 침실에서 연기처럼 사라져 버린 아이. 침대에서 잠을 자던 두 살짜리 남자아이가 어떻게 감쪽같이 사라질 수 있었단 말인가.

맨 처음 경찰이 추정했던 실종시간은 8월 27일 일요일 밤 7시에서 9시 사이였다. 아이 엄마가 거실에서 또래 친구들과 맥주를 마시며 영화를 보던 시각, 누군가 잔디밭으로 향한 침실 창문의 방충망을 찢고 들어와서 아이를 납치해 간 것이라고 했다. 그런데 사건이 일어난 지 채 하루가 지나지 않아 아이 엄마가 사람들의 입방아에 오르내렸다. 경찰서 진술에서 그녀가 실종 전날과 당일 낮 시간의 행적에 대해 입을 다물었다는 소문 때문이었다. 찢긴 방충망의 크기에도 의혹이 제기되었다. 두 살 된 남자아이를 세로 10인치로 찢긴 방충망 사이로 꺼내기란 불가능하다는 거였다. 찢긴 방충망의 크기가 10인치가 아니라 16인치에 가깝다고 글로리아의 할머니가 주장했지만 귀를 기울이는 사람은 별로 없었다. 관할 경찰서에서 글로리아를 유력한 용의자로 지목했고, 각종 수사 정보가 지역 언론으로 흘러가고 있었기 때문이었다. 이 모든 소문의 진원지가 레이크 카운티의 관할 경찰서라는 말이 돌았다. 하지만 경찰 측에서는 어떠한 공식 발표도 내놓지 않고 있었다.

그즈음 사람들이 관심을 보인 건 사라진 아이의 행방이 아니었다. 지난 13일 동안 많은 사람들이 촉각을 곤두세우며 흥미를 보인 건 이제 겨우 스물한 살인 한국계 입양아 출신의 엄마, 글로리아의 행적을 이리저리 추측해 보는 일이었다.

할아버지가 글로리아의 손을 잡고 소파에 앉았다.

"애야. 넌 할 수 있다. 넌 이겨낼 수 있어."

"죄송해요."

글로리아가 덧붙였다.

"어제 인터뷰를 완전히 망쳐 버렸어요."

"괜찮다. 진실은 결국 밝혀지게 될 거야."

"그들이 날 속였어요. 아이를 찾기 위한 방송이라고 했는데 앵커가 갑자기 사정없이 날 공격했어요. 난 반박조차 제대로 할 수 없었어요. 모든 게 너무 끔찍해요."

할아버지가 글로리아의 어깨를 감쌌다.

"모든 게 괜찮아질 거다."

거실 유리창으로 붉은 노을이 비쳐 들었다. 태양이 마지막 기운을 쥐어짜 대지 위에 검붉은 빛을 흩뿌리고 있었다. 창문 밖 야자수에 그린 헤론이 내려앉았다가 날아갔다. 창밖의 야자수는 '글로리아 나무'라고 불렸다. 글로리아가 고등학교 11학년 때 뉴욕에서 이사 온 것을 기념해서 할아버지가 직접 묘목을 사다 심은 나무였다. 글로리아의 눈동자가 불안하게 허공을 헤맸다. 붉게 충혈된 눈자위가 야자수 너머로 펼쳐진 하늘 어딘가를 이리저리 더듬었다.

외출복 차림의 할머니와 할아버지가 현관 앞에 섰다. 교회의 오후 예배에 참석하러 가는 길이었다. 두 사람이 번갈아가며 글로리아를 포옹했다.

"잠을 좀 자 두렴. 넌 지금 무엇보다도 잠이 필요해."

"TV 방송시간 전까지는 돌아올 수 있을 거야. 사랑한다, 얘야."

두 사람이 떠나자 거실이 정적에 휩싸였다. 휴우, 글로리아가 한숨을 내쉬었다. 할아버지의 서재로 향하던 그녀가 거실 액자틀 앞에서 걸음을 멈췄다. 크고 작은 사진틀이 거실의 한쪽 벽면을 채우고도 모자라 장식장과 콘솔 위에도 세워져 있었다. 글로리아의 눈길이 사진들 사이를 어지럽게 오갔다. 신생아용 배내옷을 입은 브라이언, 첫 번째 생일케이크를 앞에 둔 브라이언, 유아용 미니 풀장에서 오리 장난감을 손에 쥐고 물놀이하는 브라이언, 소꿉놀이용 주전자와 컵을 들고 티파티 하는 브라이언, 그리고 고등학교 졸업식 때 검정 사각모를 쓰고 졸업식 가운을 입은 글로리아의 불룩한 뱃속에 들어 있는 브라이언.

다시 통증이 시작되었다. 두통이 밀려오고 뱃속이 메슥거렸다. 가방 안에 진정제가 들어 있지만 이제는 더 이상 필요 없을 것이었다. 이 순간이 지나면 모든 게 평온해질 것이다. 글로리아의 다리가 휘청거렸다.

죄송해요. 아이를 잘 돌봤어야 했는데 그렇게 하지 못했어요.

거실 북쪽의 서재로 향하며 글로리아가 중얼거렸다.

*

글로리아가 지역 언론의 주목을 받은 건 아이가 실종된 지 사흘째 되는 날이었다. 그날 오전, 레이크 카운티 법원에서 수색영장이 발부되었고, 관할 경찰서 형사들이 글로리아의 단층 아파트 건물로 들이닥쳤다. 형사들은 온 집안을 들쑤시며 지문과 흔적들을 채취했다. 수건과 낡은 옷에 묻은 얼룩, 오물 묻은 휴지, 화장실 쓰레기통 안의 쓰레기까지 모조리 박스에 담겨 수거되었다. 노란색 폴리스라인을 젖히고 아파트 안으로 진입하는 형사들의 모습이 지역 방송사의 화면에 잡혔다. 수거된 물품이 마치 증거물이라도 되는 양 기자들이 단호한 표정으로 카메라 앞에 섰다. 단층 아파트를 배경으로 마이크를 든 기자가 화면을 향해 종이 한 장을 흔들었다.
"이것이 바로 경찰 측에서 수거한 열다섯 개의 물품 목록입니다. 정체가 밝혀지지 않은 얼룩과 액체, 희미하게 보이는 휴지의 혈흔 등이 집 안에서 발견되었습니다."

얼룩과 액체와 생리혈이 묻은 휴지는 여느 평범한 가정집에서도 쉽게 찾을 수 있는 종류의 쓰레기라는 걸 기자는 굳이 밝히지 않았다. 이어지는 화면에 'EXCLUSIVE'라는 붉은색 단어가 나타났다. 기자는 글로리아가 저지른 악행을 최초로 공개한다며 과거의 한 사건을 소개했다.

지난 7월, 글로리아는 인터넷을 통해 협박편지를 받았다고 경찰서에 신고했다. 글로리아의 블로그에 자신과 어린 아들을 협박하는 게시물이 등록되었다는 것이었다. '난 당신을 증오해. 당신은 내 인생을 망쳤고 아들을 데려갔어. 모쪼록 조심하는 게 좋을 거야. 내 눈에 띄면 두 사람은 살아남지 못할 수 있어.'

살해 위협이 명백히 드러난 협박편지였다. 경찰서 사이버 수사팀이 즉각 조사에 착수했고, 글로리아는 전 남편인 제이콥을 범인으로 지목했다. 실제로 인터넷 IP를 추적한 결과 게시물의 IP주소가 제이콥의 것으로 밝혀졌다. 카운티 법원은 제이콥에게 두 사람에 대한 접근금지 명령을 내렸다. 협박편지 사건은 그렇게 일단락되는 것처럼 보였다.

"하지만 컴퓨터 전문가가 다시 면밀히 분석한 결과 이 모든 게 조작되었다는 사실이 밝혀졌습니다. 글로리아의 자작극이었던 것입니다. 최근에 양육권 소송에서 승소한 그녀가 제이콥을 영원히 따돌리기 위해 악의적으로 꾸민 짓이었습니다."

이어지는 화면에 훤칠한 키의 백인 청년이 등장했다. 그는 '브라이언을 찾습니다'라는 푸른색 문구가 새겨진 티셔츠를 입고 있었다.

"그녀는 내 IP주소와 비밀번호를 알고 있었습니다. 그래서 내가 한 짓처럼 꾸밀 수 있었습니다. 결국 양육권은 그녀에게 돌아갔고, 나는 부당하게 접근금지 명령을 받았습니다."

"글로리아가 이번 사건에 연루되었다고 생각합니까?"

"글로리아는 실종사건과 무관하다고 믿습니다. 하지만 지금은 모든 사람을 의심하고 모든 사람을 혐의 선상에 두어야 합니다. 글로리아도 예외는 아니겠죠."

"글로리아는 어떤 엄마였습니까?"

"나와 함께 살 때 그녀는 최선을 다했습니다. 우리는 각자 역할을 분담했고 번갈아 가며 아이를 돌봤습니다. 하지만 그녀는 불안정한 사람입니다. 아이를 낳은 후 강박성 인격장애 진단을 받은 적이 있습니다. 감정 기복이 심했고, 자기 말을 듣지 않으면 자해하겠다고 나를 협박했습니다. 실제로 한 번은 자살 시도를 한 적이 있습니다."

기자는 제이콥이 용의자 선상에서 글로리아를 배제하지 않았다고 인터뷰의 내용을 정리했다. 또한 글로리아의 과거 병력을 강조하며 그녀가 과연 어떤 엄마였는지 많은 사람들이 의혹을 품고 있다고 덧붙였다. 이어서 브라이언의 얼굴 사진과 긴급 구조 연락처가 화면에 나타났다.

그날의 방송은 엄청난 파장을 불러왔다. 지역 신문과 방송, 크고 작은 인터넷 신문들과 블로거들이 벌떼처럼 일어나 글로리아의 일거수일투족을 파헤치고 분석했다. 그녀가 과거에 했던 모든 말과 행동이 의혹과 의심을 샀고 엉뚱한 해석으로 이어졌다. 제이콥과 시어머니, 고교 동창생과 옛 친구들, 예전의 직장동료들, 심지어 맥도날드나 칠리스 레스토랑에서 그녀에게 한 번쯤 거스름돈을 준 적 있는 종업원들까지 모조리 언론 인터뷰의 대상이 되었다.

'아이 엄마, 산탄총 구입. 이틀 후 아이가 사라짐'

'아이 엄마, 실종된 아이 장난감과 사진을 쓰레기봉투에 버림'

'아이 엄마, 아이의 자동차 보조의자 처분하려고 내놓음'

하룻밤 자고 날 때마다 수많은 헤드라인 기사들이 추가되었다. 글로리아가 가끔씩 들렀던 40번 도로의 사격 연습장이 여러 방송에 소개되기도 했다. 사격 연습을 하는 여자의 검은 실루엣이 브라이언의 얼굴과 겹쳐지고, 배경음으로 탕, 하는 총소리가 들리는 식이었다. 참다못한 글로리아의 할머니가 TV 인터뷰를 자청했다. 실종사건 이후 자신의 집에 머물고 있는 글로리아가 살던 아파트의 짐을 옮기면서 물품들을 정리했고, 오래 사용하지 않은 장난감과 보조의자 등을 처분했다고 설명했다. 아이 물건들을 정리할 때 자신이 옆에서 도와주었다는 말도 덧붙였다. 하지만 할머니의 해명에 관심을 기울이는 사람은 거의 없었다.

글로리아는 되도록 언론과의 접촉을 피했다. 하지만 사건 직후에 했던 여러 인터뷰들이 이미 그녀를 공격하는 수단으로 변해 버린 후였다. 모든 언론이 자신을 목표물 삼아 인간 사냥에 나섰다는 생각이 들었다. 무엇보다도 주변 사람들의 노골적인 시선과 태도를 견딜 수 없었다. 일이 어쩌다 이렇게 되어 버렸는지 그 이유를 알 수 없었다. 이제는 널리 알려져 버린 과거의 병력 때문이거나, 팔뚝과 발목에 새긴 문신들 때문이거나, 유색인이기 때문이거나, 제이콥의 가슴께에도 미치지 못하는 4피트 9인치의 작은 키 때문이거나, 그것도 아니라면, 오래전, 생후 4개월째에 JFK공항에 도착한 버려진 아기였기 때문이거나 할 것이었다.

관할 경찰서에서 요청한 거짓말탐지기 테스트를 거부하자고 제안한 사람은 담당 변호사였다. 법적 효력이 있는 출두 명령이 아니라면 되도록 형사나 검찰 당국자들과의 접촉을 피해 보자는 의견이었다. 글로리아는 이미 경찰서의 음성 스트레스 테스트를 통과하지 못한 경험이 있었다. 검사 당일에 심리 상태가 불안할 경우 기계가 또다시 엉뚱한 결과를 내놓을지도 몰랐다. 더욱이 거짓말탐지기 테스트 결과는 법정의 공식 증거물로 채택되지 않는다고 했다.

'아이 엄마, 거짓말탐지기 테스트 거부. 왜?'

'경찰은 왜 그녀를 제1용의자로 지목하지 않는가?'

지역 언론의 대대적인 보도가 쏟아졌다. 이번에야말로 옴짝달싹할 수 없는 증거를 포착했다는 듯한 집중적인 공격이었다. 걷잡을 수 없는 광풍에 휩쓸리듯 여론의 판도가 외곬을 향해 휘몰아쳤다.

담당 변호사는 이제까지와는 전혀 다른 대응 전략이 필요하다고 판단했다. 마침 CNN 계열사의 한 케이블 방송국에서 인터뷰 요청이 들어왔다. 전직 여검사가 진행하는 토크쇼였다. 방송국의 담당 피디가 변호사에게 직접 전화를 걸어 왔다. 수사가 진행 중인 형사 사건을 집중적으로 파헤치고 분석하는 프로그램이지만, 이번 방송의 목표는 무엇보다도 실종된 아이를 찾는 일이라고 피디가 거듭 강조했다. 전국으로 방영되는 방송이니만큼 아이를 찾는 데 도움이 될 것이라고 했다. 망설이던 글로리아는 가까스로 출연을 결정했다. 아이를 찾기 위해서라면 할 수 있는 모든 노력을 해 봐야 하지 않겠느냐는 변호사의 말을 듣고서였다. 그러나 그날의 녹화 인터뷰는 글로리아를 돌이킬 수 없는 절망 속으로 빠뜨렸다.

*

뉴욕에 사는 양부모를 떠나 호수 도시에서 살게 된 건 뜻밖의 행운이었다고 글로리아는 생각해 왔다. 만약 호수 도시의 할머니 집으로 오지 않았다면 그녀는 일찌감치 학교를 때

려치우고 가출을 감행했을지도 몰랐다. 고등학교에 입학했던 가을, 글로리아는 자신이 더 이상 '한국에서 온 크리스마스 선물'이 아니라는 사실을 알게 되었다. "그 아이가 음탕한 짓을 할까 두려워요." 교회 예배에서 돌아온 엄마가 거실 소파에서 조용조용한 목소리로 아빠에게 고민을 털어놓고 있었다. 이층 계단에서 내려오던 글로리아는 황급히 몸을 낮추고 무릎을 꿇었다. 아빠가 엄마를 다독이며 위로했다. "교육이 천성을 바꿀 수 있을 거요." 엄마의 근심이 이어졌다. "그 아이가 숨겨 둔 잡지와 파일들을 보셨잖아요. 우린 더 이상 그 아일 감당할 수 없을 거예요." "우린 그분의 뜻을 따르고 결정했소. 우리가 고통 받는다면 그것도 그분이 계획하신 일의 일부분일 것이오." "하지만 우린 점점 더 힘들어질 거예요. 견딜 수 없을 거예요."

자신의 존재가 양부모의 가치관과 신앙심을 시험하고 있다는 걸 알게 된 글로리아는 두 사람의 예상에 부응하기로 마음먹었다. 그녀는 음란하게 행동했고, 몸 곳곳에 문신을 새겼고, 퀘일루드와 피코댄을 삼켰고, 수시로 학교를 결석했다. 글로리아로서는 드디어 퍼즐 조각을 꿰맞춘 기분이었다. 아무리 해도 백인이 될 수 없었던 이유. 가족모임에서 항상 검누런 얼룩처럼 자신만 도드라졌던 이유. 매일 우유를 마셔도 더 이상 키가 자라지 않았던 이유. 허공에 두 발이 떠 있듯 항상 불안했던 이유. 아무리 애를 써도 존재의 이유를 찾지 못했던 이유. 양부모와 더 이상 한집에서 살 수 없다고 느꼈을 때 플로리다의 할머니가 함께 살자고 제안해 왔다. 열여덟 살이 지나 독립을 원하게 되면 언제든 집을 떠나도 좋다는 말도 덧붙였다. 할머니와 양부모 사이에 모종의 대화가 오간 것 같았다.

플로리다의 호수 도시는 천국의 풍경을 그대로 옮겨 놓은 듯한 장소였다. 조그마한 도시가 크고 작은 호수와 열대공원들로 둘러싸여 있고, 달리아, 글라디올러스, 아이리스 같은 원색의 꽃들이 지천에 피어 있었다. 이리저리 둘러봐도 높은 빌딩을 찾아볼 수 없었다. 도심지 번화가라고 해 봐야 시청을 중심으로 은행과 극장과 식당과 옷가게 등의 단층건물이 200야드 남짓 이어질 뿐이었다. 주로 백인들이 모여 사는 동네였다. 조용하고 평화로운 동네였다.

스프링필드 고등학교에서 제이콥과 글로리아는 존과 포카혼타스 커플로 불렸다. 11학년 중간고사가 끝날 무렵, 제이콥은 새로 전학 온 포카혼타스의 매력에 푹 빠졌다. 그녀는 확실히 다른 백인 여자 친구들과는 달랐다. 새까만 머리, 작고 날렵한 몸매, 깜짝 놀랄 만큼 작은 키. 글로리아의 이국적인 용모는 어딜 가나 사람들의 눈길을 끌었다. 길을 걷다가 누구라도 한번쯤 뒤돌아봤다. 제이콥으로서는 기분이 나쁘지 않았다. 중고차 안에서 그녀와 사랑을 나눌 땐 낯설고 매혹적인 오지를 탐험하는 듯한 기분이 들었다.

하지만 두 사람의 연애는 곧바로 아슬아슬한 줄타기 곡예로 변했다. 스프링필드 고등학교의 미식축구 결선 경기가 있던 날 밤, 동네사람들은 존과 포카혼타스의 위태로운 관계를 처음으로 목격하게 되었다.

마을 사람들이 경기장으로 모여든 11월의 금요일 밤이었다. 경기장 입구에 대형 모닥불이 점화되고 치어리더들의 경쾌한 율동이 시작되었다. 얼굴에 페인트칠을 하거나 가발을 뒤집어쓴 중고등학생들과 기기묘묘한 복장을 한 젊은이들이 경기장 이곳저곳을 누비고 다녔다. 풍선을 손에 쥔 아이들, 서로의 허리를 껴안은 연인들, 어깨와 무릎에 간이담요를 덮고 관중석에 앉은 노인들, 잔디밭에 접이용 의자를 펼치고 자리를 잡은 사람들로 경기장 안팎이 북적거렸다.

그날 밤, 글로리아는 사람들 사이를 헤집고 미친 듯이 제이콥을 찾아다녔다. 경기가 시작되기 직전 갑자기 관중석에서 사라진 제이콥이 전반 2쿼터에서 터치다운이 터질 때까지 돌아오지 않았기 때문이었다. 글로리아는 미칠 것 같았다. 넌 끝내 줘. 환상적이야. 그 순간 제이콥이 다른 계집아이의 귓가에 밀어를 속삭이고 있을 것만 같았다. 마침내 야외주차장에서 제이콥을 찾아냈을 때 글로리아는 그대로 땅바닥에 주저앉아 자신의 머리를 쿵쿵 찧었다. 그녀의 짓이겨진 이마에서 피가 흘러내렸다. 깜짝 놀란 제이콥이 글로리아를 등 뒤에서 껴안았고 주변 사람들이 뛰어왔다. 하지만 경기장에 대기 중이던 무장 경관이 달려올 때까지 글로리아의 자해소동은 멈춰지지 않았다.

글로리아는 제이콥의 모든 것을 사랑하고 질투했다. 실비아 호수의 붉은 낙조, 와일드우드 공원의 맹그로브 나무, 칠리스의 스테이크, 브리트니 스피어스와 보이스 투 맨, 밥 말리 티셔츠와 은도금 체인 목걸이 등등 제이콥의 눈길이 머무는 모든 사물과 사람이 그녀의 질투 대상이 되었다. 글로리아는 자주 분노를 터트렸다. 그런 후에는 어김없이 무릎을 꿇고 사과했다. 용서해 줘. 날 버리지 말아 줘. 제이콥이 보기에 글로리아는 망상에 사로잡힌 사람이었다. 섬뜩할 정도로 한 가지 일에만 집착했다. 재수 없게도 지금은 그 집착의 대상이 자신이 되어 버렸다고 생각했다. 두 사람은 싸우고 화해하고, 다시 싸우고 화해하기를 반복했다.

브라이언이 태어난 후 본격적인 싸움이 시작되었다. 결혼한 지 얼마 지나지 않아 이혼한 두 사람이 브라이언의 양육권을 두고 소송을 시작했기 때문이었다. 카운티 법원은 결국 글로리아의 손을 들어줬다. 글로리아가 시간제로 일하며 정기적인 수입원을 마련했고, 아동가족국이 요구한 케이스 플랜을 성실하게 완성했으며, 법원이 명령한 심리진단 역시 무사히 통과했기 때문이었다. 글로리아에게 양육권이, 제이콥에게는 방문권이 주어졌다.

하지만 판결이 난 후에도 글로리아는 경계심을 늦출 수 없었다. 시어머니의 사주를 받은 제이콥이 아이를 빼앗기 위해 호시탐탐 기회를 노리고 있다고 믿었기 때문이었다. 두려움에 사로잡혀 아이를 며칠 동안 벽장 속에 숨겨 둔 적도 있었다. 제이콥의 신고 전화도 계속되고 있었다.

맨 처음 아동학대 신고가 접수된 건 지난 해 4월이었다. 그 날 카운티의 아동학대 핫라인 전화기가 울렸고, 아동가족국은 즉시 조사관들을 현장에 파견했다. 신고자는 제이콥, 고발당한 사람은 글로리아였다. 그리고 8개월 된 브라이언이 두 사람과 함께 있었다. 제이콥은 글로리아가 그녀의 팔을 자해한 후 아이까지 해치겠다고 위협했다고 신고했다. 하지만 조사관들이 두 사람의 아파트에 도착했을 때 아이는 곤히 잠들어 있었고, 아동학대를 입증하는 어떠한 증거물도 찾을 수 없었다. 결국 아이를 사이에 두고 힘겨루기를 하는 커플의 싸움으로 파악된 후 보고서가 작성되었다.

이후에도 비슷한 사건이 반복되었다. 제이콥의 신고 전화, 조사관들의 도착, 보고서 작성으로 마무리. 하지만 지난해 10월 31일, 아동가족국 조사관들은 매우 이례적인 결정을 내렸다. 신고 현장에서 글로리아로부터 즉시 아이를 격리시키고 이틀 후엔 그녀를 가정법원의 판사 앞에 세운 것이다. 제이콥의 신고 내용은 이랬다. 자동차 안에서 말다툼하던 도중에 글로리아가 제이콥의 팔을 손톱으로 할퀸 후 그녀의 말을 듣지 않으면 브라이언을 죽여 버리겠다고 위협했다는 것이었다. 그녀가 실제로 커터칼을 꺼내 아이의 다리를 향해 겨누었다는 게 제이콥의 주장이었다. 현장에 도착한 조사관들은 제이콥의 팔에서 긁힌 손톱자국을 확인했다. 하지만 커터칼은 어디에서도 찾을 수 없었다. 카운티의 담당 판사는 결국 사건을 기각했다. 아이까지 이용해서 격렬하고 치기어린 사랑싸움을 하는 젊은 커플이라고 판단했기 때문이었다.

*

아이는 내 인생의 빛입니다. 아이는 이 세상에서 내가 가진 유일한 나의 것입니다. 나와 브라이언은 결코 서로를 버리지 않을 겁니다. 아이 아빠는 높은 지위에 있는 사람들을 가족과 친구들로 됐습니다. 그래서 법적으로나 정서적으로 내게 올가미를 씌울 수 있었습니다. 하지만 난 브라이언을 지키기 위해 끝까지 싸웠습니다. 오늘 법원의 판결이 있었습니다. 내가 승리했습니다. 난 이제부터 플로리다 주 중산층 시민이 되기 위해 최선을 다할 겁니다. 아들에게 안식처를 만들어 주고 아이가 원하는 걸 갖게 해줄 겁니다. 책임감이 무거워요.

*

여성앵커가 TV 화면에 나타났다. 그녀가 실종사건의 내막을 간략히 소개했다. "오늘 밤 우리는 두 살 된 브라이언을 찾습니다. 그리고 사건 뒤에 숨은 단서를 찾아 분석합니다." 이어지는 화면에 범죄전문 기자, 범죄수사 분석가, 사설탐정이 차례로 소개되었다. 방충망에 대해 언급한 건 사설탐정이었다. "내가 이해할 수 없는 건, 밤 7시에서 9시 사이에 어른 셋이 거실에서 영화를 보고 있었다는 겁니다, 맞지요? 아이가 낯선 사람을 보았습니다. 아마도 두 살짜리 아이는 비명을 질렀겠지요. 맞지요? 내가 보기에 이 방충망 건은 앞뒤가 맞질 않습니다." 앵커가 그의 말에 맞장구쳤다. "네, 무슨 말씀인지 잘 압니다. 이런 사건은 앞뒤가 맞지 않는 일투성이지요." 앵커가 화면을 똑바로 응시하며 화제를 돌렸다. "자, 오늘 밤 우리는 특별한 손님 두 분을 모셨습니다. 실종된 브라이언의 아버지와 어머니가 각각 전화로 연결됩니다." 앵커가 화상으로 연결된 제이콥에게 질문했다. "제이콥, 브라이언을 마지막으로 만난 게 언제죠?" "6월 말경입니다." "아이는 보통 언제 만나나요?" "격주 주말, 그리고 매주 수요일에 만나기로 되어 있습니다." 앵커의 눈이 반짝였다. "아이가 낯선 사람을 보면 우는 편인가요?" "물론입니다." "깊이 잠들었을 수도 있었을 텐데요." "그럴 리 없습니다. 잠을 깊게 자는 아이가 아닙니다, 항상 선잠을 자고 잠에서 쉽게 깹니다. 만약 누군가 아이를 안으면 아이는 자동으로 발딱 일어납니다." "흥미롭군요." 앵커가 다른 화면에 화상으로 연결한 글로리아를 향해 질문했다. "잠들기 전에 아이가 졸려 했나요? 아니면 잠자리에 들기 싫어했나요?" "그날 아이는 엄청 피곤했어요. 그리고 그 앤 항상 잠을 푹 잡니다. 잠든 아이를 안고 이 방 저 방으로 옮겨도 모를 거예요. 무엇보다도 그 앤 낯을 가리질 않아요. 낯선 사람들과 쉽게 친해집니다. 내 말은, 그러니까… 예를 들어… 만약 아이가 모르는 사람을 만났더라도 함께 놀고 울지도 않았을 거라는 겁니다." "방충망이 찢긴 건 언제 알았나요?" "아이가 사라진 사실을 안 직후 복도로 뛰쳐나와 제 침실을 살펴보았습니다… 다시 아이 방에 돌아왔을 때 창문턱에 올려 둔 사진틀이 바닥에 떨어져 있는 걸 발견했어요. 그러니까, 그게… 커튼이나 뭐 다른 것들은 다 그대로 있었어요." "아이를 침대에 눕혔고, 창문은 침대에서 약 3인치 정도 떨어져 있다고 했죠? 아이가 사라진 걸 알았을 때 창문이 어떤 상태였는지 말해 줄 수 있나요?" "오! … 그러니까, 그게… 그걸… 형사들이 쟀어요. 10인치 길이로 잘려 있다고 했어요. 하지만 방충망은 딱딱한 재질이 아닙니다. 만지거나 할 때 상처를 입힐 정도가 아니에요. 아주 부드러워요. 그러니까… 내 말은… 당신도 알다시피… 아이는 괜찮았을 거란 거예요. 다칠 만한 게 아닙니다." 앵커가 눈썹을 위로 치켰다. "그들이, 그러니까 아이를 밖으로 꺼내기 위해 방충망을 떼어 냈나요?" "아니, 아니, 그게 아니에요. 모두들 왜 이걸 붙잡고 늘어지는지 모르겠어요. 방충망은 창문에 그대로 달려 있었고, 가로 세로로 찢겨 있었어요. 잃어버린 물건은 없었어요." 앵커의 목소리가 높아졌다. "10인치라고 했나요?" "네, 경찰이 치수를 재고 그렇다고 했어요." "좋아요. 그럼 당신 생각에 납치범이 창문의 방충망은 그대로 둔채 찢긴 틈 사이로 방으로 들어왔다가 나갔다는 건가요?" "방충망은 그대로 붙어 있었어요. 경찰과 함께 이걸 수백 번도 넘게 생각해 봤어요." 앵커가 범죄전문 기자를 전화로 연결했다. 두 사람은 사건 당일 낮에 글로리아를 목격한 사람이 아무도 없다는 사실을 언급했다. 글로리아는 온종일 아이와 함께 있었다고 주장했지만 두 사람을 본 목격자는 나타나지 않았다. "글로리아. 당신은 거짓말탐지기 테스트에 응했나요?" "수사관들과 얘기했어요. 제이콥은 처음부터 용의자 선상에서 벗어났죠. 거짓말탐지기 테스트, 스트레스 테스트, 수사나 인터뷰… 나도 최대한 협조했어요." "그러니까, 당신은 거짓말탐지기 테스트에 응했나요?" "지역 경찰도 경험이 충분하죠, FBI도 그걸 시작했고… 하지만 난 그들과만 이야기하라고 조언 받았어요…" 앵커의 목소리가 더욱 높아졌다. "당신은 거짓말탐지기 테스트에 응했나요?" "그러니까… 난 뭐든 협조했어요." "글로리아, 우리가 조사한 바에 의하면 경찰이 거짓말탐지기 테스트에 응할 것을 요청했고 당신은 그걸 거절했어요." "난… 그러니까… " "무죄를 밝힐 수 있는 가장 좋은 방법 중 하나가 거짓말탐지기 테스트를 통과하는 거죠. 그런데 당신을 그걸 거부했어요. 왜죠?" 딱딱딱. 앵커가 가운데 손가락으로 탁자를 세 번 쳤다. "거짓말탐지기 테스트를 거부한 이유를 당장 우리에게 밝히세요." "그렇게 하라는 말을 들었기 때문이에요." 글로리아가 울먹이며 대답했다. 앵커가 다시 질문했다. "글로리아, 그날 당신은 어디에 있었죠?" "우린 드라이브를 했어요. 편의점에도 갔어요. 자동차에 주유했어요. 난 그런 건 항상 미리 준비해요." "그래서 그날 당신은 어디에 있었죠?" "레이크 카운티, 오렌지 카운티, 이곳저곳…" "뭘 했죠?" "그냥 쇼핑했어요. 운전하면서 이곳저곳…" "어디에서요?" "특별한 곳에 가지는 않았어요." "글로리아, 자 쇼핑을 했다면 상점에 들어갔을 겁니다. 사건이 일어난 그 일요일에 어떤 상점에 갔죠?" "카운티 이곳저곳…" 앵커의 목소리가 더욱 커졌다. 그녀가 두 눈을 부릅떴다. "상점 이름을 대세요! 누군가 상점에서 당신을 보았을 겁니다. 어떤 상점에 갔었나요? 월마트? 제이시 페니?" 글로리아의 목소리가 잠겨 들었다. 그녀의 목소리가 거의 들리지 않았다. "자세히 말하고 싶지 않아요." 앵커가 소리쳤다. "왜죠?" "난 언론에 잘 대응하지 못해요." "자, 글로리아, 그날 어디에 갔었는지 기억할 수 있나요?" "그날 간 곳을 모두 기억해요. FBI와도 이야기했어요. 그런데 이게 잘 전달되지 않았어요." 앵커가 다시 소리쳤다. "아이가 실종되기 전날과 당일, 그러니까 8월 26일 오후 4시부터 8월 27일 오후 7시까지 당신은 자신의 행적을 밝히지 못하고 있어요. 당신이 어디에 있었는지 왜 즉시 답변을 하지 못하죠? 마지막까지 아이와 함께 있었던 사람은 바로 당신 아닌가요?" 딱딱딱. 앵커가 다시 가운데 손가락으로 탁자를 세 번 두드렸다. 실종된 아이와 마지막까지 함께 있었던 사람이 범인일 확률이 높다는 건 누구나 알고 있는 상식이었다. 그러니까 앵커는, 당신이 바로 범인이 아니냐

고 묻고 있었다. 엉망진창인 상태로 인터뷰가 끝났다. 글로리
아는 말을 더듬었고, 대답을 회피했고, 논리적으로 앞뒤가 맞
지 않는 답변을 늘어놓았다. 눈물이 끊임없이 흘렀다. 인터뷰
는 곧 TV를 통해 전국으로 방송될 것이었다.

*

새벽에 그 아이디어가 떠오르지 않았다면 글로리아는 길고
긴 하루를 버틸 수 없었을 것이다. 반짝, 머릿속에 전등불이 켜
지듯 그 생각이 떠올랐다. 이제야말로 끔찍한 고통과 괴로움
에서 벗어날 수 있겠다는 생각이 들었다.

내가 이래야만 하는 걸 이해해 주세요. 이것만이 더 행복해지
는 길이기 때문입니다.

이른 새벽에 그녀는 책상 앞에 앉아 편지를 썼다. 모두 세
통이었다. 할머니와 할아버지, 엄마와 아빠, 그리고 마지막 한
통은 '대중에게' 쓴 글이었다.

당신들은 뜬소문을 만들어 내고 사실을 왜곡했어요. 어린 나
는 죽도록 일했지만 여전히 조롱과 비난을 받고 있어요.

할아버지 서재의 장식장 열쇠는 책상 서랍에서 찾을 수 있

었다. 열쇠 묶음은 책상 서랍 맨 위 칸에 얌전히 놓여 있었다. 글로리아는 장식장의 유리문을 열고 총신이 긴 산탄총을 꺼냈다. 한 손으로 총을 들고 서재 구석의 벽장으로 들어가 문을 닫았다. 이윽고 그녀는 총부리를 턱에 겨누고 상체를 구부렸다.

*

글로리아의 시신을 맨 처음 발견한 사람은 할아버지였다. 저녁 예배에서 돌아와 핏물이 흐르는 서재로 들어선 할아버지는 평생 잊지 못할 끔찍한 장면을 목격했다. 구급대원들과 경찰들이 시신을 수습하는 동안 할아버지와 할머니는 거실 구석에서 담요를 뒤집어쓴 채 넋을 잃고 앉아 있었다. 할아버지가 창밖으로 고개를 돌렸다. 야자수에 눈길이 머물렀다. 야자수 너머로 집 앞 도로에 주차된 경찰차와 구급차의 경광등과 헤드라이트 불빛들이 보였다.

거실에 모여 있던 사람들이 갑자기 동작을 멈췄다. 소란하던 거실이 일순 조용해졌다. 누군가 켜둔 TV 화면에 여성 앵커의 모습이 나타났기 때문이었다. "오늘 밤 우리는 두 살 된 브라이언을 찾습니다. 그리고 사건 뒤에 숨은 단서를 찾아 분석합니다." 글로리아의 자살 소식은 곧바로 방송국에 알려졌지만, 미리 녹화된 토크쇼는 예정대로 저녁 8시 정각에 미국 전역으로 방송되었다.

일주일 후 스프링필드 교회에서 글로리아의 장례식이 치러졌다. 유서에 적힌 대로 시신은 화장되어 교회 부속의 공동묘지에 묻혔다. 이상한 장례식이었다. 고인을 애도하는 사람들보다 경찰과 취재기자와 카메라맨들이 더 많이 모여들었다.

며칠 후 레이크 카운티의 스프링필드 경찰서장은 유괴 사건의 중간수사 결과를 발표했다. 그는 사망한 글로리아가 제1용의자라고 공식적으로 선언했다. 글로리아를 인터뷰했던 토크쇼의 앵커는 글로리아가 죄책감 때문에 자살한 것 같다고 공식 입장을 밝혔다. 하지만 글로리아의 할머니와 할아버지는 거듭 그녀의 무죄를 주장했다. 글로리아에게 아이는 '인생의 빛'이었고, 이 세상 그 누구보다도 그녀는 아이를 진심으로 아끼고 사랑했다고 증언했다.

진실이 무엇인지는 끝내 밝혀지지 않았다. 브라이언 실종사건은 여전히 미궁 속에 빠져 있다.*

---

* 이 소설은 지난 2006년 미 플로리다 주에서 발생한 트랜튼 더켓의 실종사건과 이에 뒤이은 한국계 엄마 ..0.의 자살 사건을 모티브 삼아 창작되었음을 밝힙니다. 삼가 고인의 명복을 빕니다.

해변의 여인

창밖이 어슴푸레 밝아온다. 평소처럼 일찍 눈을 뜬 그녀가 오늘은 웬일인지 이불 속에 그대로 누워 있다. 그녀가 끙 소리를 내며 옆으로 눕는다. 방 안 공기가 차다. 스티로폼으로 쪽창을 막고 방문은 담요로 둘러쳤건만 사방에서 웃풍이 솔솔 들이친다. 이윽고 그녀가 윗몸을 일으켜 주섬주섬 옷을 챙긴다.

내복 위에 기모 바지를 입고 허리끈을 조인다. 스웨터를 걸치고 허리에 전대를 두른 후 검정색 파카를 걸친다. 마당으로 나와 좁고 길쭉한 화단을 지나 옥외 화장실로 향한다. 쪼그려 앉아 볼일을 보는데 화장실 문짝이 덜컹댄다. 아래쪽에서 구린내가 풍겨 온다. 하지만 똥오줌 냄새쯤이야 무신경해진 지 오래다. 오물 냄새가 심하다 싶을 땐 가루 소독약을 뿌리고 나프탈렌을 문고리에 걸어 둔다. 정작 힘든 건 쪼그려 앉아야 하는 자세였다. 무릎 관절염 때문에 어느 땐 아침 볼일이 무섭기

조차 했다. 하지만 수세식 화장실 공사를 하려면 외풍 심한 방들도 재래식 부엌도 모조리 손보아야 한다. 아예 집 전체를 뜯어고쳐야 하는 것이다.

가스 불에 물을 팔팔 끓여 밥그릇에 붓는다. 김치를 곁들여 밥 한 공기를 뚝딱 해치우고 점심 도시락을 싼다. 김치와 젓갈과 시금치나물을 담는다. '그놈 참 파릇하구나.' 시금치를 쳐다본 후 다시 가스 불을 켜고 달걀 프라이를 한다. 도시락 위에 달걀 프라이를 얹고 뚜껑을 닫는다. 그런 후에 부엌 구석에 놓인 수레를 끌어당긴다. 분말 커피, 프리마, 설탕, 유자차, 종이컵 등이 제자리에 있는지 한눈으로 훑는다.

커피 수레를 끌고 대문을 나와 해변으로 향하는 내리막길을 걷는다. 집에서 해변까지는 지척이다. 직선거리가 약 200미터쯤 될 것이다. 하지만 2차선 도로에서는 그녀의 집이 보이지 않는다. 수제 햄버거 가게와 중국 음식점 뒤편으로 비좁은 골목이 나 있고, 그 안쪽으로 슬레이트 지붕의 낡고 허름한 집들이 다닥다닥 붙어 있는 걸 아는 외지인은 아마도 없을 것이다.

내리막길이 끝나자 옛 포구 자리가 나타난다. 이른 아침부터 장사치들이 고무대야를 펼쳐 놓고 싱싱한 해산물을 손질하고 있다. 오른쪽으로 꺾어 해수욕장으로 향한다. 넓게 펼쳐진 백사장 위로 흰 갈매기 떼가 날고 검푸른 파도가 철썩인다. 탈탈탈. 커피 수레를 끌며 해변산책로로 접어든다. 해변의 하루가 시작되고 있다.

산책로 입구에 건축공사가 한창이다. 가림막 너머로 커다란 포클레인과 기중기, 철근 골조의 콘크리트 구조물들이 보인다. 백사장 코앞에 세워질 저 초고층 건물은 머잖아 이 바닷가의 랜드 마크가 될 것이다. 홍보관이 가까워지자 웅장한 클래식 선율이 들린다. 초고층 건물을 홍보하는 유명 탤런트 부부가 대형 스크린에 등장한다. 흰색 요트의 갑판 위에서 부부가 바다를 배경으로 멋진 포즈를 취하고 있다.

'서른세 걸음이면 만날 수 있는 바다.'

'이제 365일 휴가처럼 사는 삶이 펼쳐집니다.'

여자 탤런트의 흰색 플레어스커트가 바닷바람에 휘날리고 있다. 중년인데도 여전히 날씬하고 앳되어 보이는 여자가 은은하게 미소 짓고 있다.

수레를 끌며 그녀가 카페와 음식점과 호텔 앞을 느릿느릿 지나간다. 잠시 후 호텔과 호텔 사이로 난 이면도로로 접어든다. 간이 샤워기부스와 코인 교환기를 지나 이면도로 중간쯤에서 걸음을 멈춘다.

그녀가 수레 안에서 울긋불긋한 꽃무늬 파라솔을 꺼낸다. 찬바람이 불어오는 방향으로 꽃무늬 파라솔을 펼친 후 가로수 둥치에 눕히고 노끈으로 동여맨다. 호텔과 호텔 사이의 이면도로에는 햇볕이 들지 않는다. 우뚝 솟은 두 개의 봉우리 사이에 긴 산골짜기처럼 온종일 짙은 그늘이 깔려 있다. 매서운 바닷바람이 도로 위로 막힘없이 통과하는 탓에 기온도 주변

보다 더 내려간다. 찬바람이 휘몰아치는 도로에서 바람막이가
되는 건 그녀가 가로수 둥치에 묶어 둔 커다란 파라솔뿐이다.

"커피 한 잔 주소."

길가에 택시를 세워 두고 담배를 피우던 장 씨가 그녀를 반
긴다. 오늘의 첫 손님이다.

"쪼매, 기다려요."

그녀의 손놀림이 빨라진다. 수레 안에서 커피, 프리마, 설
탕, 종이컵, 보온병, 플라스틱 의자 등을 꺼낸다. 양은 주전자
에 물병의 물을 쏟아붓고 수레 안에 장착된 가스 불을 켠다.
손님용 둥근 플라스틱 의자 하나를 수레 옆에 놓아 두고, 다
른 하나는 끌어당겨 엉덩이를 걸친다. 곧이어 주전자의 물이
팔팔 끓는다.

"자셔 보이소. 싱거우면 커피 더 타 드릴게."

숟가락으로 종이컵을 휘휘 저으며 그녀가 말한다. 장 씨가
묻는다.

"외국 사는 딸내미 오늘 온다 캤나? 네덜란드인가, 스위스
인가에 산다는 딸?"

장 씨로서는 모처럼 새로운 화제를 입에 담는 것이다.

"기억력도 좋아. 남의 딸 오는 날짜도 안 이자뿔고."

"부자여?"

"부자긴… 그래도 그쪽 나라는 복지시설이 잘 되어 있다 하
데."

"누군, 조오켔다."

자세한 내막을 알지 못하는 장 씨는 진심으로 그녀가 부럽다는 표정이다. 왜 안 그렇겠는가. 장 씨가 보기엔 어느 날 갑자기 성인인 된 딸이 그녀 앞에 불쑥 나타난 것이고, 심지어 그 딸이 부유한 나라에서 잘 자란 돈 많은 여자인 것이다. 그녀는 장 씨의 추측에 더 이상 대꾸하지 않기로 한다.

장 씨가 500원짜리 동전 한 개를 건넨다. 오늘의 마수걸이다. 튀튀. 그녀가 동전에 침을 뱉은 후 전대의 지퍼를 열고 안에 넣는다.

장 씨가 은근한 목소리로 "우리 쪽 재개발, 아직 소문 없소?"라고 묻는다. 요즘 장 씨의 관심사는 온통 재개발에 관한 소식뿐이다. 틈만 나면 자기 동네 재개발 소문이 아직 돌지 않는지 묻는다. 장 씨는 구(區) 입구의 낡은 주택단지에서 살고 있다. 바닷가와는 제법 떨어져 있지만 구 전체의 집값이 들썩이고 있고, 집 근처에 제법 넓은 면적의 녹지대가 있는 까닭에 전망 좋은 그곳에도 혹시 재개발 광풍이 불어 닥치지 않을까 노심초사 기다리고 있는 중이다.

장 씨를 비롯한 단골 기사들은 그녀와 나이가 얼추 비슷하다. 그들은 하루에도 몇 차례씩 일부러 들러 커피를 팔아 준다. 그래서 1000원 하는 커피 값을 그들에게는 절반만 받는다. 간혹 누군가 "할매요, 돈 100원이라도 올리이소."라고 말할 때도 있지만 그녀는 지난 십 년간 단골들에게 커피 값을 인상한 적이 없다. 아침저녁으로 얼굴 보는 무람없는 사이라고는 하지만 돈벌이에 관한 한 택시 기사들이 누구보다도 '짭다'는 걸 그녀는 잘 안다. 만약 100원을 인상하면 하루 두 번만 마셔도 1200원이 된다. 혼자서 한 번 마실 땐 괜찮지만 두세 번 마시거나, 어쩌다 동료 것까지 함께 계산이라도 할라치면 1000원이 훌쩍 넘어간다. 아무래도 가격이 부담되는 것이다.

장 씨가 택시 트렁크에서 김 상자를 가져온다. 저 멀리 전라도 해남에서 가져온 돌김이라고 한다. 장 씨가 수레 옆에 김 상자 세 개를 주르륵 늘어놓는다. 그때 호텔 주차장과 맞닿은 나무 울타리에서 스피커가 윙윙댄다. 호텔 프런트에서 택시 기사를 호출하는 신호이다. 장 씨가 재빨리 택시 운전석 문을 연다.

"잘 좀 팔아 주소. 한 톳에 만오천 원이요."

장 씨가 운전석 창문 너머로 소리친 후 택시를 몰고 떠난다. 장 씨의 택시가 도로를 벗어나자 그녀가 김 상자를 수레 안쪽으로 슬그머니 옮긴다. 이렇게 두면 행인들에게 김 상자가 보이지 않을 테지만 어쩔 수 없다. 그늘지고 인적이 드문 이면도로라고는 하지만 직선으로 100미터만 걸어가면 유명 관광지인 해수욕장이다. 정식 허가도 받지 않고 장사하는 셈인데 다른 이의 물건까지 길거리에 어수선하게 늘어놓고 팔 수는 없다. 되도록이면 수레 주변을 말끔히 정돈해야 하는 것이다.

수레 안쪽의 가스 불을 켜고 언 발을 녹인다. 관절염이 심한 왼쪽 무릎을 쭉 펴서 불 가까이에 댄다. 도로 위로 찬바람이 횡횡 몰아친다. 이른 아침 시간이라 사방이 조용하다.

눈앞에 그 아이의 얼굴이 떠오른다. 작년에 처음 만난, 죽은 남편의 딸. 이름이 혜자라고 했다. 둥근 눈썹이며 오뚝한 콧날이 젊었을 적 그 여자의 모습을 쏙 빼닮았다. 하지만 말본새며 행동거지는 그 여자를 닮지 않고 예뻤다. 그 아이 엄마라면 그런 말은 입 밖에 꺼내 볼 생각조차 하지 못했을 것이다. 그런데 그 아이는, 외국에서 쭉 살았으면서도, 어찌 그런 어여쁜 말을 할 줄 아는지, 작년에 찾아와서는 오랜 세월 동안 그 누구도 하지 않았던 말을 그녀에게 하고는 돌아갔다. 작년에 아이를 만난 후에야 그녀는 오랫동안 가슴속에 박혀 있던 응어리가 흐물흐물 녹아내리는 걸 느꼈다. 세월이 흐르는 동안 구멍이 숭숭 뚫리고 바람이 들락거리는 했지만 항상 명치끝에 맺혀 있던 돌덩이가 잠시나마 가뭇없이 사라지는 것 같았다. 그녀는 생각했다. '애는 아무 잘못이 없다.' 모든 게 어른들 못나서 벌어진 일이지 굳이 그 아이까지 미워할 이유가 없었다는 게 그녀가 내린 결론이었다.

그런데 아이의 갑작스런 출현은 그동안 잊고 살던 기억을 모조리 일깨웠고, 그녀는 그 사실이 괴로웠다. 고약한 영감쟁이. 죽기 전에 십 원짜리 하나 없이 빈 몸뚱이로 집으로 돌아와 병수발을 들게 한 영감쟁이. 작년에 그 아이가 다녀간 후 그녀는 시도 때도 없이 되살아나는 죽은 남편을 향한 노여움에 시달려야 했다.

남편이 그 여자를 만나기 시작했을 때 그녀는 막 셋째를 출산한 후였다. 큰아들은 초등학교에 갓 입학했고, 두 살 터울의 둘째는 천둥벌거숭이로 뛰놀던 시절이었다. 그녀는 갓난아기를 업고 하루 종일 점방을 지켰다. 남편은 이른 아침부터 종적을 감추기 일쑤였다. 어느 땐 말없이 사라졌다가 며칠 만에 홀쭉해진 몰골로 집으로 돌아오기도 했다. 남편이 옆 골목 이발소의 면도사 아가씨와 바람이 났다는 사실은 온 동네가 아는 비밀이었다. 아무리, 아무리, 뜯어말려도 소용없었다. 울면서 매달리고, 연탄불 피워 놓고 다 같이 죽어 버리자고 협박하고, 시부모 동원해서 어르고 달래도, 끝내 남편의 마음을 되돌릴 수 없었다.

그런데 지난 세월 동안 그녀가 정작 이해할 수 없었던 건, 남편이 아니라 그 여자였다. 도대체 젊은 처녀가 무엇 때문에 아이 셋 딸린 유부남을 따라 산단 말인가. 자동차 부품을 파는 남편의 점방이 여자가 일하는 이발소 근처에 있었으니, 그가 부자가 아니란 사실은 그 여자도 알고 있을 터였다. 지금이야 다 지난 얘기고, 땅속 영감쟁이도 이미 썩어 문드러졌겠지만, 그녀는 지난 세월 동안 이따금씩 그것이 궁금했다. '지 고생하고, 나 고생하고. 도대체 왜? 무엇 때문에?'

안전모를 손에 쥔 인부 둘이 수레 앞에서 걸음을 멈춘다.

"커피 두 잔 주이소. 얼맙니꺼?"

"2000원요."

"할매, 설탕 넣지 말고."

"커피만 드릴까예? 블랙으로?"

"네."

옆 남자가 말한다.

"하나는 프림 넣지 말고예."

"네에."

그녀가 숟가락으로 종이컵을 휘저은 후 남자들에게 건넨다.

"자셔 보이소. 싱거우면 커피 더 타 드릴게."

두 남자가 커피를 홀짝이며 대화를 이어간다. "사람이 독해서 그렇지." "그래." "그래도 일은… 독하게 해야 안 되겠나?" "그래도 그게 뭐야, 여자가, 살벌하게."

그녀가 묻는다.

"와요? 먼 일 있능교?"

블랙커피 남자가 인상을 찌푸린다.

"타워크레인에 올라가 생난리 났다 아니요, 함바집 주인 여자가."

"언제예?"

"방금요, 오늘 아침."

지난해부터 초고층 건물의 인허가를 둘러싸고 뉴스가 쏟아지고 있다는 건 그녀도 알고 있었다. 인허가를 대가로 뇌물을 받은 혐의로 전직 구청장과 시장이 구속되고, 현 시장의 측근도 체포되었으니 머잖아 현직 시장도 수사를 받게 될지 모른다는 소문이 파다하게 번졌다. 하지만 수사 상황이야 어찌 되었든 건축 공사는 예정대로 착착 진행되고 있었다. 건국 이래 최대량의 콘크리트를 퍼부은 타설 작업이 성공리에 완료되고, 타워동의 바다조망 평형대 라인은 벌써부터 수천만 원대의 프리미엄이 형성되어 분양권이 팔리고 있었다. 검찰 수사 역시 조만간 흐지부지 끝날 것이라고 했다. 그런 후엔 비리로 얼룩진 저 초고층 건물은 관광특구인 이 해변을 상징하는 자랑스러운 랜드마크로 우뚝 서게 될 것이다.

그녀가 쯧쯧 혀를 찬다. 오죽 답답했으면 함바집 여주인이 이른 새벽에 15층 높이의 크레인에 올라갔겠는가. 젊은 시절에 그녀도 함바집에서 일한 적이 있었다. 공사현장 안쪽에 대충 지어 올린 컨테이너 가건물에서 여름에는 더위를, 겨울에는 추위를 견디며 날마다 수백 개의 식판과 국그릇들을 설거지했다. 하루하루가 고된 시절이었다. 한 달에 두 번, 쉬는 날이 돌아오면 하루 종일 방 안에 누워 끙끙 앓았다. 몇 달 후 식당 일을 그만둔 건 아픈 손목을 치료하느라 한의원에 갖다 바치는 돈이 주방보조 월급에 육박했기 때문이었다.

"팀장들이 결제를 안 해 주능교?"

"요즘 주변이 워낙 시끄럽다 보니, 식대가 자꾸 깔린다 아니요."

"거참, 큰일이네."

100

그녀가 다시 혀를 찬다. 식대를 장부에 기록한 후 월말에 팀장이 인부들의 외상값을 한꺼번에 결제하는 게 함바집 관행이었다. 그래서 공사가 시작된 직후 인부들 숫자가 적고 식대도 '깔리기' 시작하는 첫 두어 달은 함바집 수입이 거의 없었다. 하지만 공사가 4, 5개월쯤 진행되면서부터는 쏠쏠하게 돈이 들어오기 시작하고 그다음부터는 그야말로 돈을 자루로 쓸어담듯 손쉽게 굴러가는 게 함바집이었다. 함바집 운영을 둘러싸고 세력 다툼이 일어나거나 뇌물과 청탁이 암암리에 오가는 이유도 일단 운영권을 따내기만 하면 안정적인 수익이 보장되기 때문이었다.

　　"기자들 오고, TV 뉴스에 났으니, 곧 해결되겠지."

　　블랙커피 남자가 덧붙인다.

　　두 남자가 안전모를 쓰고 다시 해변으로 발길을 돌린다. 그녀가 고개를 돌리고 두 사람의 뒷모습을 바라본다. 저기 햇볕 쏟아지는 해변이 있다. 이곳 이면도로에서는 바닷물이 보이지 않지만 그녀는 밀려왔다 밀려가는 짙푸른 파도를 생생하게 느낄 수 있다. 젊은 시절부터 일흔이 넘은 지금까지 하루하루 살아갈 힘을 준 게 저 검푸른 바다였다. 저 바다가 없었더라면, 가슴속 응어리를 마음껏 내맡길 차디찬 바닷바람이 없었더라면, 암담한 청춘의 세월을 어찌 건너왔을지 지금 생각해도 아득한 심정이었다.

　　남편이 살림을 차렸다는 소식을 들은 후 그녀는 두 아들을 남편에게 보냈다. 혼자 벌어서 아이 셋을 키울 수 없겠다는 생각이었고, 무엇보다도 아이들은 집안의 가장이 거두어야 한다는 게 그녀가 품어 온 상식이었다. 차마 젖먹이까지 보낼 수 없어서 막내는 그녀가 맡았다. 한편으론 그렇게 남의 아이들을 키우면서 지지고 볶으며 살다 보면 그 여자가 얼마 못 가 겁을 집어먹고 도망가리라는 계산이 있었다. 하지만 남편과 여자는 헤어지지 않았다. 오히려 신발 공장 근처의 목 좋은 자리에 세를 얻어 보란 듯이 분식집을 차렸다. 때때로 그녀는 막내를 둘러업고 분식집 근처를 서성였다. 하루 일과를 마친 여공들이 분식집 안으로 우르르 몰려가는 걸 자주 보았다. 장사도 잘되고 두 아이도 그럭저럭 새 생활에 적응하는 것 같았다. 젖먹이를 업고 다시 버스를 타고 집으로 돌아올 때면 가슴 깊은 곳에서 불덩이가 치밀어 올랐다. 수시로 바닷가로 나가 찬 바람을 쐬지 않으면 울혈이 끓어올라 터져 버릴 것 같았다.

바닷가에서 노점을 시작한 게 그 무렵이었다. 백사장에 죽 늘어선 해송들 사이에 나무 판때기를 깔고 일숫돈을 얻어 물건을 떼 왔다. 겨울에는 삶은 달걀, 고동, 김밥을 팔았고, 여름에는 사이다, 콜라 같은 청량음료나 '아이스케키'를 팔았다. 그날 올린 매상에서 원금과 이자를 조금씩 갚아 나갔다.

막내는 좌판 앞에서 컸다. 해송들 사이에 부려 놓으면 아이는 백사장으로 뿔뿔 기어가 손가락으로 모래구덩이를 파고 헤집으면서 놀았다. 바닷바람을 맞으며 끼니를 챙겨 먹고, 아이에게 젖을 물리고, 똥 기저귀를 갈았다. 햇볕 좋은 날, 하얗게 포말을 일으키며 부서지는 푸른 파도를 바라보노라면 가슴 안쪽의 시커먼 응어리가 조금은 느슨해지는 듯싶었다. 아침이면 다시 돌덩이처럼 딱딱해지는 덩어리가 저녁이 되면 조금씩 풀어헤쳐지는 날들이 반복되었다.

일숫돈을 다 갚은 건 섣달 열흘 만이었다. 하루도 빠짐없이 일수를 찍었기 때문이었다. 몇 년 후 포구 근처에 슬레이트 지붕의 단층집을 살 수 있었다. 번듯한 양옥은 아니었지만 방이 두 칸에다 좁은 마루와 부엌과 옥외 화장실이 있었고, 무엇보다도 바닷가와 가까워 막내를 챙기면서 일하러 다니기가 좋았다.

장사가 힘들어진 건 해수욕장이 문화재 기념물 지정에서 해제되면서부터였다. 그때부터 밑천 없이 먹고 사는 노점상들의 삶이 훨씬 팍팍해졌다. 해안선을 따라 고급 호텔과 상가 건물들이 들어서고 백사장 주변에 환경미화 구간이 지정되었다. 구청의 도시 관리팀에서 단속반이 출동하기 시작했다. 해안 도로 바닥에 '노점상 절대금지 존'이 노란색 페인트로 표기되고, '노점 행위 시 즉시 물품 압수와 과태료를 부과한다'는 경고판이 곳곳에 세워졌다. 단속반과 노점상들 사이에 숨바꼭질이 시작되었다. 물품을 압수하려는 단속반과 이를 뺏기지 않으려는 노점상들 사이에 몸싸움과 고성이 오갔다. 그녀 역시 '노점상 특별 단속기간'이 되면 며칠 동안 장사를 접어야 했다.

세월이 많이 흘렀지만 그녀는 아직도 그 남자의 얼굴을 기억한다. 갓 마흔이 넘었을까. 방금 구청 사무실을 빠져나온 듯한 인상의 남자는 흰색 와이셔츠와 양복 바지 차림에 뿔테 안경을 쓰고 있었다. 그날은 이른 아침부터 현장 단속반이 기승을 부렸다. 주변의 몇몇은 이미 물건을 압수당한 뒤였다. "치킨 아니잖아요, 치킨은 안 팔았잖아요." "그러지 말고 그거 하나만 돌려주세요." 백사장 여기저기서 단속반과 노점상들이 실랑이를 벌였다. 그녀는 도로 위쪽에서 누군가의 물건이 압수당하는 걸 보고 급히 좌판을 거둬 나무 울타리에 숨겼다. 다행히 단속반이 그녀 앞을 그냥 지나쳐 갔다. 막 한숨을 돌리려는데 뒤에서 갑자기 저음의 목소리가 들려왔다. "할머니, 여기서 장사하시면 안 돼요. 절대로 안 됩니다." 어디선가 그녀의 행동을 주시하고 있었다는 듯 단호하고도 야멸찬 목소리였다.

그녀는 깜짝 놀랐다. 그래서였다. 누군지 뒤를 확인해 보지도 않고 무작정 도로 앞으로 내달렸다. 뒤뚱거리며 약 50미터쯤 달렸을까. 거친 숨을 몰아쉬며 달리던 그녀는 그대로 땅바닥에 널브러졌다. 순식간의 일이었다. 정신이 아뜩하고 온몸이 욱신거렸지만 그보다는 알 수 없는 설움이 확 몰려들었다. 그녀는 엎드린 채로 울었다. 땅바닥에 얼굴을 박고 갑작스럽게 전신을 덮쳐 오는 설움을 도저히 어찌해 볼 수가 없어서 그대로 엎드려 울었다.

잠시 후 남자가 그녀를 일으켜 세웠다. 물건을 빼앗겼느냐고, 저음의 목소리로 남자가 물었다. 물건을 빼앗겼으면 자기 이름을 대고 도로 찾아올 수 있다고 했다. 그녀는 아니라고 했다. 손가락으로 울타리 쪽을 가리키며 저기 숨겨 두었다고 했다. 그런데 남자의 물음에 대답하는 동안 웬일인지 더 큰 설움이 휘몰아쳤다. 남자가 자신의 역성을 들어줬다고 믿었던 걸까. 당황해하는 남자 앞에서 그녀는 한참 동안이나 소리 내어 울었다.

그날 이후 그녀는 백사장에서 물러나 호텔 사이의 이면도로에 자리를 잡았다. 그녀가 엎어져 울던 바로 그 도로였다. 해변산책로와 4차선 도로를 잇는 그곳은 햇볕이 들지 않고 맞바람이 심했다. 그래서인지 통행량이 적었고 외지인들은 그곳에 도로가 있다는 사실조차 잘 몰랐다. 그곳에서 그녀는 사시사철 나무 밑동에 꽃무늬 파라솔을 매어 두고 일회용 믹스커피를 팔았다. 뿔테 안경을 쓴 구청 남자는 그날 이후로 보지 못했다. 구청의 단속반도 웬일인지 그녀가 자리 잡은 이면도로에는 나타나지 않았다. 그녀는 그렇게 바닷가의 터줏대감이 되어 갔다.

박 기사가 수레 앞에서 걸음을 멈춘다.

"정 기사 아직 안 지나갔지요?"

"지나갔어. 아가씨하고 얘기하면서. 어디 가예? 일하러 가예? 하니까, 머, 그기 아니고, 따지러 간다든가, 떠들러 간다든가."

"언제?"

"쪼금 전에. 커피 한 잔 먹고."

"하, 어째 안 오노."

박 기사가 도로 위쪽으로 성큼성큼 사라진다. 석 달 전 호텔 지하의 리모델링 공사와 함께 작업반 인부들이 이른 아침부터 공사를 시작했고, 덩달아 그녀의 출근 시간도 빨라졌다. 평소 오전 10시쯤 시작하던 장사를 인부들 작업 시간에 맞추느라 아침 7시경으로 앞당긴 것이다. 겨울 아침의 찬바람이 늙은 뼈를 시리게 했지만 그녀는 괘념치 않았다. 인생의 대부분을 그녀는 이 바닷가에서 보냈다. 바닷바람을 온몸으로 맞으며 일하면서 먹고살았고, 그러는 동안 청춘의 노여운 기억도 가슴속 응어리도 구멍이 숭숭 뚫리면서 희미해졌다. 사정은 요즘도 비슷했다. 백사장에서 좌판을 벌이던 때와는 달리 하루 매상이 뚝 떨어져 만오천 원일 때도 있고 이만 원일 때도 있지만, 하루라도 찬 바닷바람을 쐬지 않으면 답답증 때문에 견딜 수 없었다. 몸이 허락하기만 하면 아니 두 발로 커피 수레를 끌고 나올 기력만 있다면, 그녀는 언제까지라도 이 도로에서 커피를 팔고 싶었다.

장 씨의 택시가 도로로 들어선다. 벌써 점심시간이 다 된 모양이다. 그녀가 얼른 돌김 상자를 수레 앞으로 옮겨둔다. 수레 안쪽으로 김 상자를 밀쳐 둔 걸 알면 장 씨가 좋아할 리 없다.

"커피 한 잔 주소."

그녀가 숟가락으로 커피를 휘저어 건넨다.

"자서 보이소. 싱거우면 커피 더 타 드릴게."

"외국 사는 딸내미 아직 도착 안 했나?"

"글쎄. 안 그래도 기달리고 있는데 소식이 없네."

"딸이 용돈 좀 줘?"

"용돈은 뭐…"

그녀가 얼버무린다. 작년에 그 아이는 그쪽 나라에서 사온 선물이라며 초콜릿 상자만 몇 개 가져다주었다.

"그래도 갸가, 이쁘게 잘 컸어."

"그라면 뭐 하노. 용돈 주는 딸이 최고지."

"그래도 갸가 호적에는 아직 안 올랐지만 우리 문중에, 족보에는 올라 있지. 올렸어, 작년에. 어차피 김 씨 집안 딸이니까. 지가 그래도 한국에서 무슨 김씨에다가 하는 게 있어야 떳떳하게 살아가지."

"그래? 족보에 올렸어?"

"저기, 재래시장에 가면 우리 김씨 문중 큰 거 있걸랑. 시장 안 오른쪽에. 그러니까 재래시장에서 남 고등학교로 내려가면 왼쪽이고, 농협에서 찾을라 카면 아파트 쪽으로 올라가. 거기 오른쪽에 우리 재실 큰 거 있어. 지가 거 재실에는 올라 있지."

"잘됐네."

장 씨가 고개를 끄덕인다.

재작년 연말에 경찰서에서 전화가 걸려 왔을 때만 해도 그녀는 실제로 그 아이를 만나게 되리라고는 생각하지 못했다. 경찰서에서 찾는 사람은 죽은 남편이었다. 남편이 이미 사망했다고 하자 담당 경찰이 그 여자의 행방에 대해 물었다. 스웨덴에 입양된 여자의 딸아이가 친부모를 찾고 있다는 것이었다. 몇 사람 건너 수소문해 보면 그 여자의 소식을 알 수 있을 터였다. 새 남자와 함께 사는 여자가 서울 근교에서 장사를 한다는 소식을 들은 적 있었다. 내키지 않았지만 그녀는 결국 그 여자의 전화번호를 알아내서 담당 경찰에게 알려 주었다. 그랬는데 작년 여름에 휴가차 한국에 왔다면서 그 아이가 불쑥 집으로 찾아온 것이었다.

아이를 처음 봤을 때 그녀는 깜짝 놀랐다. 자그마한 몸피며 또렷한 이목구비가 젊었을 적 그 여자와 너무나 닮아서였다. 어느새 마흔 살이 되었다는 아이의 첫인상이 징그러워 보였던 건 그래서였다. 초승달처럼 휘어진 눈썹 아래의 붉은 입술에서 금방이라도 갈라진 뱀 혓바닥 같은 게 튀어나올 것만 같아서 아이를 본 순간 소름이 쫙 끼쳤다.

그런데 겪어 볼수록 아이는 제 엄마와는 딴판이었다. 말 없고 음흉했던 제 엄마와는 달리 낙천적이고 명랑했다. 스웨덴에 사는 양부모와 인터넷 영상통화로 인사를 시켜 주기도 하고, 어린 시절부터 자라온 제 모습을 빠짐없이 담은 사진첩을 가져와 일일이 설명해 주었다. 난생처음 만난 조카들과도 금방 친해졌고, 문중 선산에 있는 남편의 무덤을 찾아갔을 땐 말 없이 눈물을 흘렸다.

"미안합니다. 엄마 대신 제가 사과할게요." 큰손녀가 통역해 준 아이의 말을 전해 듣는 순간 그녀는 할 말을 잃었다. 그 여자나 남편이 아니라, 그 아이에게서 미안하다는 말을 듣게 될 줄은 정말이지 상상조차 하지 못했다. 큰손녀의 통역이 아니더라도 아이의 눈빛과 얼굴표정과 손짓 발짓은 그 아이의 진심을 그대로 전달해 주었다. 지금까지 제 엄마가 했던 모든 행동에 대해 사과한다며 눈물을 글썽이는 아이의 얼굴을 본 순간, 그녀는 심한 어지럼증을 느꼈다. 그리고는 오랫동안 애써 잊고 있던 기억 하나를 떠올렸다.

그동안 아무에게도 말한 적 없지만, 오래전에 그녀는 그 여자의 임신 소식을 누구보다도 먼저 알았다. 바람난 남편을 둔 그녀의 처지를 동정하던 이발소 안주인이 면도사 처녀의 몸태가 달라졌다고 귀띔해 주었기 때문이었다. 그녀는 시부모를 움직여 일단 남편을 고향인 P시로 보냈다. 시아버지가 위독하다는 전갈을 받은 남편은 의심 없이 집을 떠났다. 휴대전화도 컴퓨터도 상용되지 않던 시절이었다. 시부모가 남편에게 어떤 으름장을 놓았는지 알 수 없지만 남편은 그 후 몇 달 동안 고향인 P시에 머물렀다. 그녀는 서둘러 집과 점방을 정리한 후 아이들을 먼저 P시로 보냈다. 그런 후에 이미 배가 불러오고 있는 처녀를 만났다. 출산일이 다가오자 처녀는 불안에 떨며

안절부절못했다. 그녀는 처녀를 어르고 위협해서 친권포기각
서에 사인하도록 했다. 이듬해 남편은 결국 집을 나가 그 여자
와 살림을 차렸다. 두 사람이 아기의 행방을 수소문했을 때 아
기는 이미 먼 나라로 입양을 떠난 후였다.

'제 새끼 버려 뽈고, 남의 애들 키우느라 지도 죽을 맛이었
을 거여. 그 긴긴 세월 동안 나도 내 손으로 내 애들 키우지 못
하고.' 그녀가 혼잣말을 중얼거린다.

휴대전화가 울린다. 그녀가 폴더 폰을 열고 발신자를 확인
한다. 큰아들이다.

"혜자가 지금 막 기차역에 도착했다네요."

그녀가 수레 위의 물건들을 주섬주섬 정리하기 시작한다.
장 씨가 묻는다.

"왜? 오늘 장사 접게?"

"딸이 도착했다네. 집에 가 볼라구요."

그녀가 커피, 프리마, 설탕, 종이컵, 플라스틱 의자 등을 수
레 안으로 밀어 넣는다. 장 씨가 나무 밑동의 노끈을 풀고 꽃
무늬 파라솔을 접어 준다.

"딸이 용돈 많이 주나 봐. 할매가 웬일로 장사를 다 접고."

장 씨를 뒤로하고 그녀가 수레를 끌고 총총히 도로를 벗어
난다. 해변산책로에 접어든 후 건축공사가 한창인 초고층 건
물을 지나 옛 포구자리에 다다른다. 집으로 향하는 이차선 오
르막길을 걸으며 그 아이의 얼굴을 떠올린다. 마흔 살인데도

결혼할 생각은 도통 없고, 수채화인지 유화인지를 취미로 그리면서 직장에 다닌다는 그 아이. 그쪽 나라에서 틈틈이 한국어를 공부하고 있다는 그 아이에게 이번에는 그녀도 뭔가 할 말이 있을 것 같았다.

등 뒤에서 차가운 바닷바람이 휘몰아친다. 그녀가 입술을 달싹이며 커피 수레를 끌고 간다.

황은덕

전남 무안에서 태어나 광주에서 학창 시절을 보냈다. 서울과 미국에서 각각 방송작가와 시간강사로 일하며 생활했다. 2000년 〈부산일보〉 신춘문예로 등단하여 작품 활동을 시작했다. 소설집 『한국어 수업』, 역서 『한나 아렌트와 마틴 하이데거』를 펴냈다. 제10회 부산작가상, 제17회 부산소설문학상을 수상했다. 현재 부산대학교에서 강의하고 있다.

:: 산지니 · 해피북미디어가 펴낸 큰글씨책 ::

문학

해상화열전(전6권) 한방경 지음 | 김영옥 옮김

유산(전2권) 박정선 장편소설

신불산(전2권) 안재성 지음

나의 아버지 박판수(전2권) 안재성 지음

나는 장성택입니다(전2권) 정광모 소설집

우리들, 킴(전2권) 황은덕 소설집

거기서, 도란도란(전2권) 이상섭 팩션집
*2018 이주홍문학상 선정도서

폭식광대 권리 소설집

생각하는 사람들(전2권) 정영선 장편소설

삼겹살(전2권) 정형남 장편소설

1980(전2권) 노재열 장편소설

물의 시간(전2권) 정영선 장편소설

나는 나(전2권) 가네코 후미코 옥중수기

토스쿠(전2권) 정광모 장편소설
*2016 세종도서 문학나눔 선정도서

가을의 유머 박정선 장편소설

붉은 등, 닫힌 문, 출구 없음(전2권)
김비 장편소설

편지 정태규 창작집
*2015 세종도서 문학나눔 선정도서

진경산수 정형남 소설집

노루똥 정형남 소설집

유마도(전2권) 강남주 장편소설
*2018 대한출판문화협회 청소년도서

레드 아일랜드(전2권) 김유철 장편소설

화염의 탑(전2권)
후루카와 가오루 지음 | 조정민 옮김

감꽃 떨어질 때(전2권) 정형남 장편소설
*2014 세종도서 문학나눔 선정도서

칼춤(전2권) 김춘복 장편소설

목화-소설 문익점(전2권) 표성흠 장편소설
*2014 세종도서 문학나눔 선정도서

번개와 천둥(전2권) 이규정 장편소설
*2015 부산문화재단 우수도서

밤의 눈(전2권) 조갑상 장편소설
*제28회 만해문학상 수상작

사할린(전5권) 이규정 현장취재 장편소설

테하차피의 달 조갑상 소설집
*2011 이주홍문학상 수상도서

무위능력 김종목 시조집
*2016 부산문화재단 올해의 문학 선정도서

금정산을 보냈다 최영철 시집
*2015 원북원부산 선정도서

인문

파리의 독립운동가 서영해 정상천 지음

삼국유사, 바다를 만나다 정천구 지음

대한민국 명찰답사 33 한정갑 지음

효 사상과 불교 도웅스님 지음

지역에서 행복하게 출판하기 강수걸 외 지음

재미있는 사찰이야기 한정갑 지음

귀농, 참 좋다 장병윤 지음

당당한 안녕-죽음을 배우다 이기숙 지음

모녀5세대 이기숙 지음

한 권으로 읽는 중국문화
공봉진 · 이강인 · 조윤경 지음
*2010 문화체육관광부 우수학술도서

차의 책 The Book of Tea
오카쿠라 텐신 지음 | 정천구 옮김

불교(佛敎)와 마음 황정원 지음

논어, 그 일상의 정치(전5권) 정천구 지음

중용, 어울림의 길(전3권) 정천구 지음

맹자, 시대를 찌르다(전5권) 정천구 지음

한비자, 난세의 통치학(전5권) 정천구 지음

대학, 정치를 배우다(전4권) 정천구 지음